華山劍宗

화산검종

한성수 新무협 판타지 소설
FANTASTIC ORIENTAL HEROES

화산검종 1
한성수 新무협 판타지 소설

초판 1쇄 찍은 날 § 2008년 3월 12일
초판 1쇄 펴낸 날 § 2008년 3월 29일

지은이 § 한성수
펴낸이 § 서경석

편집장 § 문혜영
편집책임 § 김대식

펴낸곳 § 도서출판 청어람
등록번호 § 제1081-1-89호
등록일자 § 1999. 5. 31
어람번호 § 제2-1439호

주소 § 경기도 부천시 원미구 심곡1동 350-1 남성B/D 3F (우) 420-011
전화 § 032-656-4452 팩스 § 032-656-4453
http://www.chungeoram.com
E-mail § eoram99@chollian.net

ⓒ 한성수, 2008

ISBN 978-89-251-1228-2 04810
ISBN 978-89-251-1227-5 (세트)

※ 파본은 구입하신 서점에서 교환하여 드립니다.
※ 저자와 협의하여 인지를 붙이지 않습니다.
※ 이 책은 도서출판 청어람과 저작자의 계약에 의해 출판된 것이므로,
  무단 전재 및 유포·공유를 금합니다.

화산검종

華山劍宗

단검유풍(斷劍流風)

한성수 新무협 판타지 소설

Fantastic Oriental Heroes

1

目次

아홉 중 첫 번째 발자국을 찍으며…	6
서(序)	9
1장. 단검유풍(斷劍流風)	13
2장. 열혈남아(熱血男兒)	45
3장. 천사심공(天邪心功)	75
4장. 천하사패(天下四覇)	105
5장. 홍염마녀(紅炎魔女)	137
6장. 천하지도(天下之道)	171
7장. 월야난투(月夜亂鬪)	203
8장. 투도구검(投刀求劍)	233
9장. 낭심흉흉(狼心兇兇)	263
10장. 강호무정(江湖無情)	291

아홉 중 첫 번째 발자국을 찍으며…

아주 오래전.

처음으로 무협을 쓰기 시작하면서 계속 꿈꿔왔던 게 있습니다. 무협의 영원한 로망이라 할 수 있는 구대문파 시리즈의 집필이 바로 그것입니다.

실제로 저는 중간에 구대문파 중 하나인 무당파를 배경으로 두 개의 글을 내기도 하였습니다만, 그리 탐탁하진 않았습니다. 아직 그 글들을 구대문파 시리즈에 집어넣기엔 실력이 많이 모자라단 생각이 들었기 때문입니다.

그래서 오랜 숙고 끝에 드디어 구대문파 시리즈의 첫 번째인 화산검종이 나오게 되었습니다.

대충 십 년 정도가 걸릴 것으로 추산되는 대장정의 시작입니다.

당연히 기합을 바짝 집어넣고 집필에 들어갔습니다만, 너무 어깨에 힘이 들어가서 망친 부분도 있을 것 같습니다. 글이란 본래 자연스러운 게 가장 좋으니까요.

그래도 좋습니다.

더 이상 뒤로 미루지 않고 나아갈 작정입니다.

향후 십 년간의 대프로젝트!

한성수의 구대문파 시리즈, 그 첫 번째입니다. 부디 따뜻한 시선으로 지켜봐 주시면 감사하겠습니다.

춘색(春色)이 완연한 어느 흐린 날, 부천의 창작공간에서
한성수 읍립!

서(序)

그날 나는 죽었다.

내 검날이 그자의 목젖을 찌른 순간, 시퍼렇고 붉은 불덩이가 가슴을 꿰뚫었다.

틀어와 박혔다.

가슴살이 움푹 패어 들어가고, 갈비뼈와 갈비뼈를 잇는 근육이 단숨에 찢겼다. 박살나 버렸다.

아프다!

내가 느낀 첫 번째 생각이었다.

정말로 난 아팠다.

아파서 죽을 것만 같았다.

사람들이 떠들곤 했던 주마등인가?

문득 처음으로 아비에게 팔려서 화산에 입문하던 망할 기억이 떠오른다.

무겁고 차갑던 검의 감촉.

평생을 짊어지고 가야 할 무게라던 사부의 서늘한 목소리와 함께 지겹도록 힘들던 수련의 나날이 빠르게 스쳐 지나갔다. 이런 짜증나는 기억 따윈 아예 떠오르지 않는 것이 좋을 것을.

그때 살점이 끊기는 아픔을 수백 배 능가할 정도인, 심장이 터져 나가는 고통이 밀려들었다. 빠르게 과거의 기억으로부터 벗어날 수 있게 해줘서 고맙다고 해야 하려나.

문득 내 가슴속에서 분노가 치밀어 올랐다.

나는 분명히 화산의 전설인 자하구벽검(紫霞九擘劍)을 완벽하게 펼쳤다. 상대의 열여덟 겹이나 되는 강기를 꿰뚫고 목젖에 검을 꽂아 넣었다.

그런데 어째서?

왜 이렇게 죽어야 하나. 죽어야 할 자는 내가 아니라 자하구벽검에 목젖이 꿰뚫린 상대여야만 하지 않은가!

나는 악이라도 쓰고 싶었다.

그랬다.

그때 필시 심장 부위로 파고든 게 분명한 시퍼렇고 붉은 불덩이에서 뿜어져 나온 열기가 단전을 향해 달려들었다. 제방을 무너뜨리는 홍수처럼 거칠게 밀려들어 갔다.
 순식간에 텅 비어버린 머릿속.
 일그러진 얼굴. 하얀 눈빛으로 나를 바라보고 있던 자가 나직이 속삭였다.

 —애송이! 너는 아직 세상을 모른다! 이제부터 네 속으로 들어간 나의 분신과 함께 숨 쉬고 다시 세상을 보거라! 그리고… 그리고…….

 뒷말 따윈 더 이상 생각나지 않는다.
 나는 당장이라도 터져 버릴 것 같은 심장의 아픔과 단전이 산산조각나는 고통에 눈을 부릅떴다.
 자하구벽검!
 내 인생, 그 자체나 다름없던 친구를 잃어버리는 순간이었다. 그리고 그때부터 날 둘러싼 모든 것이 변화하기 시작했다. 아주 빠르게.

第一章

단검유풍(斷劍流風)
검을 끊고 바람처럼 흘러가리라!

華山劍宗

화산.

섬서성(陝西省) 화음현(華陰縣)에 위치한 중원 오악 중 서악을 이른다. 본시 진령산맥의 북쪽 지맥으로서 동서로 달리는데, 서쪽에 소화산이 있기 때문에 이를 구분하여 태화산이라 부르기도 한다.

그 태화산 오봉 중 가장 낮은 북봉(北峰)의 중턱에 화산파의 본궁인 옥천궁(玉泉宮)이 위치해 있다.

천하에 존재하는 무수히 많은 도관들 중 무당파 자소궁과 함께 수위를 다툴 만하며, 건립 연원을 따지자면 한참이나 윗길이라 할 수 있는 곳이었다.

디링!

새 한 마리가 가을하늘을 자유롭게 배회하다가 옥천궁으로 날아들었다. 무수히 많은 도관들 중 화악선거(華岳仙居)라 불리는 곳의 처마 밑을 스쳐 지나간 것이다.

화악선거.

화산파의 개파시조라 불리는 검선(劍仙) 여동빈을 모시고 있는 곳이며, 지존이라 할 수 있는 장문인이 개인적으로 사용하는 도관이기도 하다.

그곳의 상방 중 하나.

서로를 마주한 채 두 명의 도사가 앉아 있다.

육십을 조금 넘겼을까 싶은 중후한 얼굴의 노도와 스무 살 정도 되어 보이는 청년 도사.

화산파 장문인인 운양 진인(雲陽眞人)과 그의 막내 사제인 운검(雲儉)이다.

맑은 풍경 소리에 잠시 시선을 창밖으로 던졌던 운양 진인이 무심한 목소리로 중얼거렸다. 언제부턴가 시선을 마주치지 않고 있는 맞은편의 사제 운검에게 던지는 말이다.

"화산을 떠나겠다고?"

운검이 정중하게 고개를 숙여 보였다.

"그렇습니다, 장문인."

"사형이라 부르게. 비록 사부님께서 돌아가신 후 문파의

중대사를 처리하느라 적조해지긴 했지만, 사제와 내 정리는 남다른 바가 있지 않았던가?'

'저도 그런 줄 알았습니다, 사형…….'

내심 중얼거린 운검이 어느새 시선을 창밖으로부터 거두고 자신을 바라보고 있는 운양 진인에게 말했다.

"장문인, 저는 방금 전에 화산을 이만 떠나겠다고 했습니다. 어찌 사적으로 계속 사형이라 부를 수 있겠습니까?"

"허허, 여전히 고집이 세구만. 너무 세……."

운양 진인이 나직한 너털웃음과 함께 고개를 가볍게 흔들어 보였다. 애석한 마음과 함께 고집을 부리는 사제에 대한 안타까움이 가득한 모습이다.

'거짓된 행동. 거짓된 말. 속으론 웃고 있지 않은가. 눈엣가시 같던 놈이 제 알아서 사라져 준다고…….'

운검은 운양 진인을 묵묵히 바라보다 오늘을 위해 준비해 뒀던 말을 끄집어냈다.

"장문인, 저는 아시다시피 폐인입니다. 오 년 전의 그 싸움으로 인해 완전히 내공이 전폐되었고, 이후 다시 연마하지도 못하게 되었습니다. 화산에 입문한 후 받았던 모든 걸 잃어버린 몸으로 어찌 계속해서 이곳의 밥을 축내고 있을 수 있겠습니까?"

"화산이 싫어진 건가?"

"검을 잃어버린 저를 화산이 싫어하게 된 것이겠지요."

"……."

운양 진인의 눈 깊은 곳에서 일순 붉은색 기운이 스쳐 갔다.

자하신공(紫霞神功).

운검의 의미심장한 말을 듣자마자 화산제일 내공의 일면을 운양 진인은 느닷없이 드러냈다.

'지난 오 년간 수도 없이 했던 짓을 또 반복하는가. 사형도 참 집요하구나.'

운검은 내심 고개를 가로저었다.

그리곤 곧 태연한 얼굴로 운양 진인으로부터 쏟아져 나온 자하신공의 기운을 거리낌없이 몸 안으로 받아들였다.

혈맥이 불꽃 속에 내동댕이쳐졌는가!

한때 운검에겐 친한 친구와 같이 편안하고 다정하던 자하신공의 기운이 던져 주는 고통은 상상을 초월할 정도였다. 당장에 운검의 얼굴에 송송 구슬땀이 번져 나왔고 전신이 후들거리며 떨리기 시작했다.

입 밖으로 신음을 토하지 않은 것이 용한 상황.

단숨에 자하신공의 기운을 이용해 운검의 기경팔맥을 샅샅이 훑어 내린 운양 진인의 한쪽 입꼬리가 살짝 치켜 올라갔다. 아주 잠깐 동안의 변화다. 그는 곧 얼굴 가득 고뇌 섞인 표정을 만들어 보였다.

"허어, 내 최후의 최후까지 포기하지 않고 있었거늘. 여전히 사제의 혈맥은 완전히 굳어 있구나. 내공을 전혀 사용할 수 없는 몸인 것이야!"

지독한 고통 속에서도 운양 진인의 표정이 변하는 모습을 한눈에 알아본 운검이 몰래 호흡을 가다듬었다.

웬만한 사람이라면 정신을 완전히 놓아버렸을 정도의 고통이었다. 하지만 그에겐 이미 이 정도는 이력이 난 지 오래였다. 이 정도는 그리 대수로울 것도 없다.

"장문인, 제 무인으로서의 삶은 오 년 전 그날 이미 끝났습니다. 더 이상의 기대는 고통만을 가중시킬 뿐이니, 그만 절 놔주십시오."

"……."

운양 진인이 또다시 침묵했다.

다행스러운 건 더 이상 운검을 설득하거나 무공의 여부를 확인할 생각은 없어 보인다는 점이다.

문득 운검이 반상 위에 식지로 한 줄의 글귀를 써 보였다.

단검유풍(斷劍流風)!

운양 진인이 운검의 식지 끝을 주시하다 천천히 중얼거렸다.

"검을 끊고 바람처럼 흘러가리라……."

운검이 고개를 숙이며 대답했다.

"예, 장문인. 그것이 저의 뜻입니다!"

*　　　　*　　　　*

화악선거를 나선 운검은 그 길로 태화산 오봉 중 가장 높고 험하다고 알려진 남봉(南峰)으로 향했다. 운양 진인이 화산을 떠나는 대가로 요구한 일을 처리하기 위함이었다.

'그래, 줘야겠지. 화산에서 얻은 것이니 화산에 돌려주고 가는 것이 옳을 터.'

운검은 남봉의 깎아지른 듯한 절벽과 소로를 간신히 기어오르며 되뇌고 또 되뇌었다.

운양 진인이 그에게 요구한 것.

그것은 다름 아닌 자하구벽검의 요결과 심득이었다.

천하 구대문파 중 삼대검파로 불리는 화산파 육백 년의 역사에서도 단 세 명밖엔 익힌 자가 없다고 알려진 최강의 검.

자하구벽검에 입문하기 위해선 우선 자하신공을 극성까지 익혀야만 하고, 장문인에게만 이어지는 구결을 얻어야만 했다. 자하구벽검을 완성하느냐 마느냐와는 별개로 반드시 필요한 것들이었다.

하지만 당대 화산파의 장문인인 운양 진인은 자하신공을 완성하지 못했다. 그리고 자하구벽검의 구결 역시 알지 못했다.

사부이자 전대 장문인인 현명 진인(玄冥眞人)이 문제였다.

 그는 오 년 전 벌어진 구마련(九魔聯)과의 최후 혈전에서 목숨을 잃었는데, 막내 제자인 운검에게 차대 장문인의 자하신공 완성을 위해 마련된 화천단(華天丹)을 복용시켰다. 천재적인 오성을 지닌 그에게 자하구벽검을 완성시키게 할 작정으로 문파의 규율을 깨버린 것이다.

 대제자로서 현명 진인의 뒤를 이어 화산파 장문인의 직위를 계승한 운양 진인은 뒤늦게 그 같은 사실을 깨닫고 경악을 금치 못했을 터다.

 화천단.

 소림사의 대환단이나 무당파의 자소단과 더불어 무림의 삼대신단이라고까지 불리는 영약 중의 영약이다. 특히 강력하고 순수한 열양의 강기를 형성시키는 자하신공에 있어서 그 영향은 절대적이라 할 수 있었다.

 당연히 만들기가 쉬울 리 없다.

 화산파에 전해 내려오는 비전에 따라서 약재를 고르고 하나의 단약을 연단하는 데만 꼬박 십 년이 소요된다. 중간에 실패할 확률을 배제하고 산출된 기간이었다.

 '그런데도 사형은 내가 스물다섯이 될 때까지 항상 웃는 낯을 보였다. 구마련과의 싸움에서 사부님을 잃고 무공까지 전폐된 나에게. 자하구벽검의 구결을 알고 있는 게 이젠 세상에 오직 나 한 명뿐이었으니까. 그런 거짓된 웃음 따위 보이

지 않고 그냥 내어달라 하면 군말없이 내어줬을 것을.'

운검의 입가에 쓴웃음이 매달렸다.

구마련주(九魔聯主).

말하기 좋아하는 호사가들에 의해 신주제일마 혹은 천하제일마 같은 무지막지한 칭호를 받았던 그와 벌였던 생사투.

최후의 순간, 운검의 심장에 구마련주가 틀어박은 건 자신의 평생 심득이 담긴 마정(魔精)이었다. 목숨보다 소중했던 자하신공과 자하구벽검을 몽땅 잃어버리게 만든 원흉이다.

그러나 그 후 운검에겐 자하신공과 자하구벽검을 잃어버린 것보다 더욱 큰 고통이 찾아들었다.

마정 속에 담겨져 있던 구마련주의 수많은 마공들.

그중에는 사람의 심리를 자유자재로 꿰뚫어 볼 수 있는 천사심공(天邪心功)이 포함되어 있었다. 구마련주는 그 같은 심공을 이용해서 단 몇 년 만에 천하를 위협하는 마도 세력을 일구고 천하제일마의 위치를 차지했다.

하지만 운검에게 있어 마정으로 얻은 천사심공의 능력은 또 다른 저주나 다름없었다. 세상엔 차라리 모르는 편이 나은 일도 존재하는 까닭이다.

잠시 상념에 젖어 있던 운검이 남봉 정상으로의 길을 재촉했다.

내공을 잃어버린 몸이다.

남봉처럼 험악하고 높은 봉우리를 오르는 건 결코 쉬운 일이 아니다. 입에서 단내가 나고 온몸이 땀으로 촉촉하게 젖어 들고 있었다. 그래도 그는 잠시도 쉬려 하지 않았다.

반나절이 지나 정오가 훌쩍 지났다.

간신히 남봉에 오른 운검의 눈앞으로 화산 오봉 중 하나인 남악의 태화궁이 모습을 드러냈다. 북봉 중턱에 위치한 옥천궁의 십분지 일도 되지 않는 작은 도량.

하지만 남봉 주변을 떠도는 구름과 어우러져 자못 풍미가 느껴진다.

사실 남봉처럼 사방이 깎아지른 듯한 절벽으로 이뤄진 고봉 위에 이만한 도량이나마 만들어져 있다는 것만 해도 경이롭다고 할 수 있다.

문득 이마에 맺힌 땀방울을 소매로 닦아내고 있던 운검의 귓전으로 중기 가득한 기합이 파고들어 왔다. 옥천궁에서 수련에 열중하고 있는 장문인 휘하 일대제자들조차 따르지 못할 정도로 강렬한 내력이 담겨져 있다.

'…철원 사질의 내력이 많이 정순해졌구나. 본래 기재는 출중했지만 다소 경망스러운 점이 흠이었는데, 지난 삼 년간의 폐관수련이 헛되지는 않았던 것이겠지.'

운검이 태화궁을 힐끗 바라보곤 천천히 걸음을 옮겼다. 태화궁이 아니라 배후를 돌아가면 모습을 드러내는 화산의 성지, 태화동천이 목표였다.

태화동천.

천연적으로 형성된 석회동굴에 인공적으로 손을 대서 만들어진 동혈 안은 묘한 정적에 휩싸여 있었다. 방금 전까지 중기 넘치는 고함이 간간이 터져 나왔던 것에 비하면 의아로울 정도의 변화라 할 수 있다.

그 같은 적막 속에 언젠가부터 두 명의 사내가 서로를 바라보고 앉아 있었다.

삼십대 중반은 족히 되어 보이는 중년의 도사와 올해 스물 다섯이나 겉으론 갓 스물이나 되어 보이는 운검. 아주 오랜만에 사숙과 사질이 자리를 함께했다.

그런데 두 사람의 행동을 가만히 보고 있자니 꽤나 이상하다. 마치 눈싸움이라도 하는 것처럼 입술을 굳게 다문 채 서로를 노려보고 있는 것이다.

과연 그랬던 것일까?

길고 긴 침묵 끝에 중년의 도사가 눈을 한차례 깜빡이더니 장탄식을 토해내었다.

"하아! 소사숙, 어인 일로 옥천궁을 벗어나 이 험한 남봉까지 오른 것입니까?"

"그렇지 않아도 오르느라 죽는 줄 알았다."

퉁명스런 대답과 함께 운검이 갑자기 뒤로 발라당 드러누웠다.

숨을 내쉴 때마다 가볍게 들썩이는 가슴의 요동.

어찌 방금 전까지 숨결조차 내쉬지 않은 채 중년의 도사와 마주 보고 있었는가 싶다. 그 정도로 거칠고 심한 호흡을 운검은 한동안 가쁘게 내쉬고 있었다.

'호흡이 저리 빠르고 거칠다니. 전혀 내공을 연마하지 않은 사람의 호흡이야. 소사숙은 아직까지도 내공을 전혀 회복하지 못하신 것인가?'

중년 도사가 운검이 동굴 천장을 향해 내뿜고 있는 숨결을 살피곤 눈살을 가볍게 찌푸렸다.

그가 알고 있는 운검.

한때는 우상이었고, 삼 년 전의 '그 일'이 있고부터는 어떻게든 뛰어넘어야만 하는 거대한 벽이 되었다. 오 년 전의 혈전 이후 폐인이 되었다고 알려진 운검의 무서움을 그는 아직도 똑똑히 기억하고 있었다.

그런데 삼 년 만에 다시 만나게 된 운검의 호흡을 보니, 마치 바로 어제 화산에 입문한 수련제자만도 못하다.

내공 역시 전혀 느껴지지 않는다.

그동안 운검을 뛰어넘겠다는 일념만으로 삼 년의 잠심연무를 거친 중년 도사로선 못마땅한 마음이 들지 않을 수 없다.

그때 바닥에 드러누워 있던 운검이 언제 숨을 헐떡거렸냐는 듯 허리 힘만으로 정자세를 취하고 앉았다. 중년 도사의 내심을 읽기라도 한 듯 안정된 호흡과 더불어 눈빛이 진지하다.

"철원아, 이제 슬슬 하산해야지 않겠냐? 네가 옥천궁을 떠난 지 벌써 삼 년이나 지났다."

"그럴 수 없습니다. 저는 수련이 아니라 벌을 받기 위해 이곳에서 기거하고 있는 것이니까요."

"벌써 삼 년이야. 삼 년이나 이런 망할 곳에서 지냈으면 어떤 죄를 지었던 간에 속죄를 했다고 봐야 해. 그렇지 않냐?"

"소사숙께선 그리 말씀하시지만… 제가 지은 죄는 본 파에서 가장 엄격하게 다뤄지는 기사멸조에 관계된 것이었습니다. 어찌 그리 쉽사리 속죄를 할 수 있겠습니까?"

'후훗, 기사멸조라니… 철원아! 너는 여태까지 단 한 번도 날 사숙이라고 여긴 적이 없었지 않느냐?'

내심 운검이 쓰게 웃고 있을 때 중년 도사가 다시 말을 이었다.

"게다가 제 죄는 그뿐만이 아닙니다. 기사멸조에 더해서 사람을 죽이려고까지 했습니다. 사부님께서 팔 년간의 면벽 수련을 명하신 건 사실 상당히 약한 처벌이라고 생각합니다."

"하지만 안 죽었잖아. 사람이 죽지 않았으니 그런 건 그다지 대수로울 건 아니다."

"결과만 보면 그렇긴 하지만……."

"게다가 철원이 네가 죽이려고 했던 자는 사실 우리끼리만 하는 얘기지만… 죽어도 상관없을 정도로 본 파에선 쓸모없는 자였다. 그러니 철원이 너도 더 이상 지난 일을 가지고 고민하진 말아라."

"……."

화산호검(華山護劍) 곽철원.

현 화산파 장문인인 운양 진인의 애제자이자 일대제자다.

십 년 전.

그는 천하영웅대회에 참가한 무수히 많은 후기지수들 중 첫째, 둘째를 다투던 화산파의 희망이자 미래였다. 현 천하제일을 다투는 사패(四覇)의 후기지수들조차 당시엔 그의 강력한 검법과 상대할 자가 몇 없었다.

그런 그가 지난 삼 년간 화산 남봉의 태화동천에서 죄를 받아 면벽수련을 하고 있었던 것이다. 무림 정세에 대해 조금만이라도 알고 있는 자들이라면 경악해 마지않을 사실이다.

잠시 침묵을 지키고 있던 곽철원이 입가에 가벼운 한숨을 매달았다.

"소사숙, 어째서 그런 말씀을 하시는 겁니까? 제가 지난날 소사숙께 큰 죄악을 범하긴 했으나 이리 능멸하시는 건 예가 아니라고 봅니다."

"능멸? 내가 그랬던가?"

"예."

곽철원이 단호한 대답과 함께 벌떡 자리에서 일어섰다. 더 이상 운검과 자리를 함께하고 싶지 않다는 뜻을 분명히 한 것

단검유풍(斷劍流風) 27

이다.

운검이 여전히 좌정한 채 말했다.

"철원아, 너는 여전히 내가 미운 것이냐? 죽이고 싶을 정도로……."

"……."

곽철원이 곧바로 신형을 돌리려다 말고 전신을 한차례 떨어 보였다.

삼 년 전의 기억 하나.

끔찍하고 참혹하다. 장밋빛으로만 가득했던 그의 인생 중에 결코 떠올리기 싫은 오점이었다.

운검에게 시선을 던진 곽철원이 딱딱하게 굳은 표정으로 말했다.

"인정합니다. 저는 그날 비무를 가장해서 소사숙을 죽이려 했습니다. 기사멸조의 대죄를 지은 것이지요. 하지만 소사숙은 본 파와 사부님께 너무 큰 그늘을 드리웠습니다. 저는 그걸 참을 수가 없었습니다."

"내 무공이 진짜로 완전히 소실됐는지 확인해 보고 싶었던 건 아니고?"

"그건……."

"지금도 삼 년 전과 똑같은 마음가짐인 것 같은데, 내가 잘못 본 것이냐?"

곽철원의 얼굴에 머물러 있던 망설임의 기운이 순식간에

소멸했다. 지난 삼 년 전과 똑같다. 그가 순간적으로 느낀 갈등을 운검은 한눈에 간파하고 있다.

침 한 모금을 목울대로 넘긴 곽철원이 십 년 전 천하영웅대회에서 타파의 후기지수들을 압도하던 때의 눈빛을 되찾았다. 표정 역시 마찬가지다.

"지난 삼 년, 많은 성장이 있었다고 생각합니다. 다시 한 수 가르침을 청해도 되겠습니까?"

"한 수만 가지고 되겠냐?"

운검이 가부좌를 풀고 일어서며 엉덩이를 툭툭 털었다. 마치 여태까지 곽철원의 이 같은 도전을 기다리고 있었던 것 같다.

"소사숙, 제 검은 더 이상 내공없이 이겨낼 수 있는 경지가 아닙니다."

곽철원의 질문에 운검이 슬쩍 이를 드러냈다. 미소다.

"알고 있다."

치잉!

곽철원은 더 이상 검을 들지 못하고 바닥에 힘없이 떨궜다.

완혈(腕穴).

모든 힘을 잃고 축 늘어져 있는 그의 팔뚝이 방금 전 어떤 일이 벌어졌는지 웅변한다.

"다시 한 번만……."

"벌써 열두 번째다."

"그, 그래도 다시 한 번만 부탁드리겠습니다!"

"싫다. 너도 알다시피 내가 내공을 잃어서 이깟 검을 들고 몇 차례 찌르기를 하는 것도 좀 많이 힘들다. 그 점은 네가 이해해 줘야 하지 않겠냐?"

거부의 뜻을 분명히 한 운검의 말에 곽철원이 커다란 몸을 부들거리며 떨었다.

"그, 그렇게 노력했는데… 이번에도 단 일검이라니! 어찌 이런 일이 있을 수가……."

"내가 비무 전에 언급했던 구결은 다 외웠냐?"

"어, 어찌… 어찌……."

운검의 말이 들리지 않는 것인가. 여전히 바닥에 떨군 검만 보며 몸을 떨고 있는 곽철원을 바라보던 운검의 목소리가 다소 퉁명스러워졌다.

"그래도 많이 나아졌다. 검기를 자유자재로 펼칠 수 있는 경지까지 올랐으니, 곧 검강을 이루는 것도 꿈은 아닐 것이야. 하지만 여전히 틈이 많아. 검기나 검강이란 건 그저 기검(氣劍)을 다루는 법에 불과해. 검의 위력을 행사할 수 있는 범위가 크게 확장되고 멀어질 뿐, 완벽한 검법을 펼치는 것과는 거리가 있다는 뜻이다."

비로소 곽철원의 시선이 운검을 향했다.

"그, 그 말씀은 결국 아무리 내공을 연마해서 검기성강을 이룬다 해도 별 의미가 없다는 뜻입니까?"

"뭐, 그런 셈이지. 네가 삼 년 전과 마찬가지로 또다시 내 일초식조차 막지 못한 게 그것에 대한 증명이고. 하지만 기검을 연마하는 게 꼭 나쁜 건 아니야. 부단히 내공을 연마하고 검기성강을 얻기 위해 도인술에 집중하면 건강은 좋아지거든. 그러고 보니 너 얼굴 많이 좋아졌다."

"거, 건강이… 컥!"

곽철원이 운검의 말에 기가 막혀 입 밖으로 피를 토했다. 지난 삼 년간의 부단한 노력이 일순간에 부인당하자 일시적으로 기혈이 헝클어져 버린 것이다.

운검은 그 모습을 바라보다 미간을 살짝 찡그려 보였다.

"철원아, 너는 여전히 내가 사도(邪道)에 빠졌다고 생각하는 거냐?"

"사부님께서 말씀하시길, 화산검법의 진수는 열양내공의 극치인 자하신공을 바탕으로 하는 기검이라고 들었습니다. 그런데 소사숙의 검법은 사부님의 가르침과 너무나 상반됩니다. 전혀 화산검법이라고 생각되어지지 않을 정도로."

"그래, 내 검은 단지 완벽하지 못한 네 검법을 찌를 뿐이지. 하지만 그것이야말로 본래 화산검법의 진수로 이르는 가장 빠른 길이란다. 그걸 오늘 나는 네게 전해주고 싶었다."

"그건……."

"됐다. 나는 너더러 내 말을 들으라고 강요하는 게 아냐.

그러니까 논쟁을 벌일 생각일랑 말라구."

손을 내밀어 곽철원의 말문을 막은 운검이 문득 이를 드러내며 웃었다.

"그런데 철원아, 너는 도사가 아닌데 어째서 그렇게 완벽하게 도사 복장을 하고 있는 거냐? 역시 아직도 집으로 돌아가고 싶지 않아서이냐."

"저는 화산 제자입니다. 곧 사부님의 허락을 얻어서 관건의 예를 올릴 작정입니다."

"관건의 예라……."

문득 꽤나 그립다는 듯 말끝을 흐려 보인 운검이 곽철원에게 얻어 사용한 매화검을 바닥에 내던졌다.

챙그렁!

"소사숙, 어찌 매화검을 그리 가볍게 다루시는 겁니까?"

"나, 이제부터 화산을 떠난다."

"예?"

"오늘 내가 일러준 검결과 동작을 결코 잊지 말거라. 네 사부가 꿈에서조차 얻고 싶어했던 것이니까."

"……."

말을 마친 운검이 입을 가볍게 벌리고 있는 곽철원을 뒤로하고 미련없이 태화동천을 떠나갔다.

'멍청한 녀석. 바보 같은 놈. 아직까지도 나에 대한 살기를

가슴속에 품고 있었다니…….'

운검은 곽철원에게 대충 가르쳐 준 자하구벽검의 요결을 떠올리며 내심 고개를 가로저었다.

사형 운양 진인의 당부.

확실하게 지켰다. 다만 친절하지 않았을 뿐이다. 자신에게 여전히 살기를 품고 있는 사질에게까지 상냥한 마음을 품을 정도로 좋은 성격은 아니었다.

"사부, 이것으로 끝입니다! 당신한테 이십 년간 졌던 빚은 오늘로서 완전히 끝난 겁니다! 혹여라도 꿈속에 찾아와 날 괴롭힐 생각 따윈 하면 안 될 겁니다!"

운검이 남봉을 떠도는 구름 한 점을 바라보며 크게 소리쳤다.

지난 오 년여.

가슴속에 담아두고 있던 울혈을 토해내는 순간이었다.

*　　　*　　　*

옥천궁.

운검과의 대화가 끝나고도 한참 동안 화악선거를 떠나지 않고 있던 운양 진인이 향한 곳은 연단실이었다.

지난 오 년간.

그가 장문인에 올라 자신이 복용해야만 할 화천단이 이미 막내 사제인 운검의 입속으로 사라졌음을 깨달은 직후부터다.

오로지 장문인과 몇 명의 일대제자들밖엔 들 수 없는 연단실은 부산한 움직임을 멈추지 않고 있었다. 새로운 화천단의 연단을 위한 준비 작업에 들어간 것이다.

전날 구마련과의 대혈전으로 인해 다른 구대문파와 마찬가지로 엄청난 피해를 입은 탓에 화산파의 전력은 역대 최약체라 할 만했다.

이는 모두 화천단을 비롯해 화산파에서 간직하고 있던 온갖 영약을 운검에게 투자한 전대 장문인 현명 진인의 잘못이다. 문파의 제자들을 속성으로 고수화시킬 영약이 단 하나도 남아 있지 않았기 때문이다.

덕분에 화산파는 지난 몇 년 사이 무림을 장악한 천하사패는커녕 구대문파에서도 말석으로까지 위세가 격하되고 말았다. 역대 최초로 자하신공을 대성치 못한 장문인이 탄생했으니, 어찌 보면 당연한 결과라 할 수 있겠다.

자하구벽검?

운양 진인으로선 애초에 그 같은 건 기대조차 못할 상황이었다. 자하신공을 완성시켜 줄 화천단조차 없는 터에 전설의 검학을 추구한다는 건 사치나 다름없었다.

'하긴 사부님도 어찌 막내 사제가 갑자기 그런 폐인이 될 줄 알았을꼬. 자하구벽검을 완성했다는 건 말 그대로 천하제

일검이 되었다는 뜻인 것을······.'

운양 진인은 연단실의 상태와 불꽃을 꼼꼼하게 살피며 아쉬움에 입맛을 가볍게 다셨다. 사부 현명 진인의 원대한 계획이 성공했을 때 화산파가 얻었을 영광을 생각하니, 가슴이 크게 아파왔다.

하지만 그는 곧 입가에 흐릿한 호선을 만들어냈다.

득의에 찬 미소.

존귀한 화산파 장문인으로서 어느 누구한테도 보인 적이 없고 보일 생각도 없는 웃음이었다.

'운검 사제, 철원이한테 자하구벽검의 구결과 심득을 확실하게 전해줬을 테지? 네 명이서 합공을 하고서도 구마련주를 죽이지 못한 주제에 천하를 훔친 사패의 주인들을 이길 수 있는 절대의 검학을.'

운검조차 보지 못한 미소다.

운양 진인은 혹시 누군가 자신을 몰래 훔쳐라도 볼세라 재빨리 표정을 평상시로 되돌렸다. 근엄하고 위엄이 넘치는 화산파의 장문인으로 돌아간 것이다.

그때 연단실에 배속되어 있던 일대제자 영청(靈淸)이 빠른 걸음으로 다가와 운양 진인에게 고했다.

"제자 영청이 장문진인께 고합니다. 연단실 밖에 운유(雲遊), 운송(雲松) 두 분 장로님께서 와 계십니다."

"운유와 운송이 모두?"

"예."

영청이 허리를 조아려 보이자 운양 진인이 근엄한 얼굴로 손을 휘휘 저어 보였다.

"알겠다. 내 나가볼 테니, 영청 너는 영보(靈寶)와 더불어 연단실에 장작을 부족함없이 하도록 하거라."

"예."

영청이 다시 허리를 조아린 사이 운양 진인은 연단실 밖으로 나갔다.

운유와 운송.

운양 진인과 운검을 제외하곤 유일하게 살아 있는 운 자 항렬이다. 그들이 갑자기 한꺼번에 연단실로 찾아왔으니, 일의 중대함이 어떠한지 알 수 있다.

잠시 후.

운양 진인은 운유, 운송과 더불어 화악선거의 상방에 마주 앉았다.

상황만으로 보자면 운검 때와 별반 다를 바가 없다.

잠시 뜸을 들인 후 운유가 운양 진인에게 단도직입적으로 물었다.

"장문 사형, 운검 사제가 화산을 떠난 게 사실입니까?"

"그걸 어찌 알았는가?"

"한 식경 전에 운검 사제가 평소 맡아서 교육하고 있던 이대제자들 중 몇 아이가 울고 있는 걸 발견했소이다. 운검 사제가 자신들을 버리고 화산을 떠났다고 아예 대성통곡을 하고 있었소이다."

"허어, 그런……."

운양 진인이 나직이 혀를 찼다. 그 모습을 본 운송이 눈살을 가볍게 찌푸려 보였다.

"장문 사형, 운검 사제를 어찌 보낼 수 있단 말입니까? 운검 사제는 장문 사형도 아시다시피 사부님께서 인정했던 천하의 기재였거늘……."

"그렇소이다, 장문 사형. 운검 사제를 사부님께서 얼마나 귀애하셨는데, 그냥 보내셨습니까?"

운송에 이어 운유까지 다소 힐난의 기운을 담아 말하자 운양 진인이 두 눈 가득 정광을 담았다. 방금 전까지 혀를 차며 안타까운 표정을 짓고 있던 사람인가 싶다. 갑자기 완전히 다른 사람이 된 것이다.

"두 사제들은 말이 너무 심한 게 아닌가? 마치 내가 운검 사제를 내쫓은 것같이 말하다니, 심히 불쾌하다."

"그야 장문 사형께서 그러실 리는 없겠지만……."

"장문 사형, 그래도 운검 사제는……."

여전히 힐난의 기운을 거두지 않는 운송과 운유에게 운양 진인이 크게 호통을 쳤다.

"운검 사제는 오늘 아침 날 찾아와 스스로 화산을 떠나겠다고 했다! 폐인이 된 몸으로 계속 화산에서 밥을 축낼 순 없다고 했어! 어찌 그런 사제를 내가 붙잡을 수 있었겠느냐! 운검 사제는 본 파와 무림을 위해 구마련의 악도들과 싸우다가 그 꼴이 되었지 않았느냔 말이다!"

"운검 사제가 그런 말을 하다니……."

"밥값을 못하다니! 운검 사제에게 배운 이대제자들의 성취가 일대제자들의 같은 나이 때와 비교해 월등한 것을……."

운송과 운유도 계속 장문인인 운양 진인의 체면을 살피지 않을 수 없었다.

그가 목청을 돋우자 더 이상 힐난하며 따질 순 없었다.

그래도 남는 건 아쉬움이다.

화산제일기재로 전설의 자하구벽검을 완성시켰던 운검의 무공 재지에 대한 안타까움이었다.

운양 진인 역시 그들과 비슷한 표정을 지어 보였다.

"운검 사제는 끝으로 내게 화산에서 얻은 것, 화산에 다 내어주고 가겠다고 했네."

"장문 사형, 그건 설마……."

"자, 자하구벽검을……."

운양 진인이 고개를 끄덕여 보였다.

"운검 사제는 자하구벽검을 남봉의 태화동천에서 폐관수련 중인 철원이에게 전수하겠다고 했네."

"하긴, 본 파에서 운검 사제를 제외하고 자하구벽검의 심득을 조금이라도 파악할 수 있을 만한 아이는 철원이밖엔 없을 테지요."

"철원이라……."

언제 운양 진인을 몰아세웠냐는 듯 운송과 운유가 얼굴 가득 안도의 기색을 떠올렸다.

자하구벽검.

자하신공과 더불어 화산파를 대표하는 절대검법이다. 전설상으로밖엔 그 위력이 전해지지 않지만, 화산 제자라면 누구라도 그에 대한 동경이 있었다.

운검에 대한 아쉬움?

운송과 운유에겐 이미 그런 게 엿보이지 않았다. 실전의 위기에 처했던 자하구벽검의 구결과 심득이 또 다른 기재 곽철원에게 전해졌다니, 마음이 크게 놓인 것 같다.

운양 진인이 은밀하게 눈을 빛내고 있는 운송과 운유를 바라보며 내심 차갑게 코웃음 쳤다.

'흥, 철원이는 내 제자다. 운송, 운유, 네놈들한테 자하구벽검의 구결과 심득이 가당키나 할 거라고 생각하는 것이더냐?'

동상이몽(同床異夢).

운양 진인과 운송, 운유, 세 사형제의 현 상태를 일컫기에 그것보다 좋은 말은 없을 듯하다.

    *   *   *

 화산의 험준한 소로를 단숨에 내려와 평지에 이른 운검은 흥얼거리듯 노래를 불렀다.
 자연스런 팔자걸음.
 은연중에 박자를 맞추기 시작한 노래가 범상찮다.
 "검이란 십 년이 지나면 보검이요, 일대가 지나면 가보가 되고, 삼대가 지나면 명검이 된다. 고로 검을 소유하고 애써 닦는 자는 시사명(視思明:사물을 볼 때 마음을 생각)하고, 청사총(聽思聰:들을 때는 총명함을 생각)하고, 언사충(言思忠:말은 충성스럽게)하고, 색사온(色思溫:얼굴의 표정은 온화하게)하고, 모사공(貌思恭:태도는 공손하게)하고, 사사경(事思敬:남을 받들 때는 공경스럽게)하고, 의사문(疑思問:의심이 날 때는 묻고)하고, 분사난(忿思難:화가 날 때는 어려움을 생각)하고, 견득사의(見得思義:이익을 볼 때는 올바름을 생각)해야 하느니. 이를 그르칠 시 검의 진의를 얻을 수 없고, 검으로써 조화의 경지에 오를 수도 없게 된다. 검이란 평범한 무리(武理)를 나타내는 것이 아니라 도(道)를 구함의 한 방편이기 때문이다."
 사부 현명 진인에게 처음으로 화산파 검법의 기초라 할 수 있는 육합검법(六合劍法)을 전수받을 때 들었던 말이다. 준엄한 당부였다.
 당시엔 지루하기만 했다.

전혀 사부가 하는 말의 뜻을 이해할 수 없었기 때문이다.
하긴 당시 나이 오 세.
제아무리 총명절륜한 기재라 해도 어찌 지극히 엄중하고 뜻 깊은 대검객의 가르침을 알아들을 수 있었겠는가.
지금 역시 어떻게 보면 마찬가지다.
운검은 얼마 전 근엄하게 곽철원 앞에서 내뱉었던 사부의 가르침을 단순한 길거리 동무로 삼고 있었다. 노래로 바꾸고 박자를 곁들여서 흥겹게 흥얼거리기까지 했다.
그런데 거침없이 화산을 뒤로한 채 걸어가고 있던 운검이 갑자기 멈춰 섰다. 그의 앞에 두 갈래의 끝이 보이지 않는 길이 모습을 드러냈기 때문이다.
"두 개의 갈림길인가…… 그럼 나는 이 중에 어디로 가야 하는 거지?"
운검이 화산을 괜스레 떠나기로 한 건 아니다.
명확한 목표가 있었다.
집.
사부 현명 진인에게 은자 몇 냥을 받고 자신을 팔아넘긴 부모를 만나러 가려 했다.
미움? 원망?
그런 건 운검의 마음속엔 전혀 남아 있지 않았다. 화산에서의 지독한 수련과 구마련주의 저주 이후에 겪은 고통에 비하면 그따위 건 아무것도 아니라 생각했다.

게다가 당시 대강남북은 말 그대로 아비규환이었다.

수해에 걸친 대가뭄과 연달아 범람한 장강의 수해로 인해 서로 간에 자식을 바꿔서 잡아먹는 게 당연시되고 있었다. 반반한 계집아이는 유곽으로 팔렸고, 건강한 사내아이는 부잣집 노비나 일꾼으로 들어가 끼니를 연명하기 바빴다.

하물며 아주 어렸던 운검의 기억에도 집은 찢어질 정도로 가난하고 딸린 식구가 많았다. 만약 아이 하나를 팔아서 다른 식구들이나마 연명할 수 있다면 당연히 그 길을 선택하는 게 옳았다.

그렇다고 해서 갑자기 자신을 비정하게 판 부모와 형제들에 대한 애틋한 정이 생긴 것도 아니다. 그는 다만 확인해 보고 싶었다.

구마련주의 저주.

그의 전부였던 자하구벽검을 빼앗고 화산파 사형제들로부터 마음을 닫아걸게 만들었던 저주가 혈육 앞에서도 통할 것인지 궁금했다.

톡! 톡!

운검은 아주 오래전, 그러니까 사부의 손에 이끌려 화산에 처음으로 왔을 때를 떠올리기 위해 노력했다. 머리를 손가락으로 두들긴 건 아주 오래된 기억을 떠올리기 위한 일종의 촉진이라 할 수 있겠다.

"저… 긴가?"

운검이 두 갈래 길 중 하나를 찍었다.

목소리에 망설임이 있다. 여운 역시 살짝 얹어져 있다. 자신이 없다는 뜻이다.

그런데 운검은 이미 자신이 찍은 길을 향해 걷고 있었다.

어차피 어린 시절의 기억이다.

이런 곳에서 고민하고 있어봤자 얻을 건 없었다. 뾰족한 수도 없다. 일단은 길을 가다가 사람을 만나서 자신의 기억이 정확한지 확인해 볼 작정이었다.

그의 뒤.

문득 화산의 웅혼한 그림자가 모습을 드러내고 있었다. 흡사 자신이 키운 아이를 배웅이라도 하려는 것같이.

第二章

열혈남아(熱血男兒)
남자의 피는 가끔씩 뜨거울 필요가 있다

華山
劍宗

 운검은 관도를 따라 한참 동안 걷고 있던 중 중대한 사실 하나를 깨달았다.
 '그러고 보니 돈 한 푼 안 가지고 나왔군.'
 화산파에서 운검의 지위는 결코 낮지 않았다.
 장문인인 운양 진인과 운송, 운유 양대장로를 제외하곤 최고의 신분이었다. 그리고 아직 나이가 많지 않아서 제자를 두진 않았으나 수련제자와 속가제자가 뒤섞여 있는 이대제자들을 맡아서 가르치는 일종의 무공교두 역할을 자청해 하고 있었다.
 밥값.

남에게 어떤 식으로든 신세지는 걸 극히 싫어하는 운검다운 행동이었다.

당연히 그는 평소에 옥천궁이나 다른 오봉에 위치한 아무 도관이나 찾아가서 밥을 얻어먹고 잠을 자면 되었다. 딱히 돈 같은 걸 준비하고 다닐 까닭이 없었다.

게다가 운검이 화산을 벗어난 건 이번이 두 번째였다. 오 년 전 사부 현명 진인을 비롯한 화산파 사형제들과 같이한 구마련과의 혈전 이후엔 이번이 첫 번째 강호행이었다. 화산을 떠나며 세세한 부분까지 신경 썼을 리 만무하다.

'흠, 어쩔 수 없이 현지 조달을 해야겠군. 그런데 그러려면 지금 복장으론 곤란하겠지?'

운검이 화산을 떠나올 때와 조금도 다른 게 없는 자신의 복장을 슬쩍 살피곤 입가에 미소를 매달았다. 무언가를 꾸미는 악동 같은 웃음이다.

잠시 후.

운검은 완전히 딴 사람이 되어 있었다. 관도 부근의 농가를 찾아가 대충 자신과 비슷한 체격을 한 농부와 옷을 바꿔 입은 것이다.

"충분해. 이만하면 누구도 날 화산파와 결부지어 생각하진 않을 거야. 그런데 조금만 더 가면 분명히 사람들이 꽤 많이 모이는 동네가 나온다고 했는데……."

둘레둘레.

자신의 옷매무새를 살피고 흡족한 웃음을 입가에 띤 운검이 걸음을 옮기며 주변을 이리저리 살폈다. 옷을 바꾼 농부에게서 들었던 사람이 많이 모인다는 동네를 찾는 게 목적이었다.

그렇게 한참을 걷자 족히 수백 개가 넘어 보이는 집들이 옹기종기 모여 있는 동네가 모습을 드러냈다. 사람 역시 이리저리 바쁘게 오가고 있는 게 제법 거리도 번화해 보인다.

운검의 눈이 빛났다.

그는 그때부터 조금 더 걸음을 빨리 옮기기 시작했다.

부산하게 동네의 이곳저곳을 돌아다니고 번화한 거리도 빠짐없이 거쳐 갔다.

목적이 없을 리 없다.

그는 껄렁하게 떼를 지어 모여 다니며 주변에 민폐를 끼치고 선량한 주민을 괴롭히는 불량배들을 찾고 있었다. 이만한 규모의 동네라면 분명히 있을 거라 생각했다. 자신의 텅 빈 호주머니를 채워줄 존재들이 말이다.

과연 그랬다.

한 식경가량 동네를 돌며 소요한 끝에 운검은 한 떼의 껄렁한 무리들을 발견할 수 있었다.

보통 사람보다 커다란 덩치.

건들거리는 걸음걸이.

인상 역시 좋은 놈들이 하나 없다.

게다가 마침 그놈들은 운검을 도와주기라도 하려는 듯 한 명의 홍안 소년을 에워싸고 있었다. 누가 보더라도 숫자를 앞세워 홍안 소년을 핍박하고 있음을 알 수 있는 광경이다. 범죄 현장이 바로 걸렸다.

'딱 좋아!'

운검은 내심 눈을 빛내며 외쳤다.

하지만 그는 당장 달려가서 불량배들로부터 홍안 소년을 구해주진 않았다. 일단은 어찌 된 영문인지 사정부터 알아야 했기 때문이다.

그때다. 불량배들의 가운데에 서 있던 홍안 소년이 버럭 소리를 질렀다.

"이 대가리에 똥만 들어찬 새끼들아! 어디 할 짓이 없어서 길 가는 부녀자를 희롱한단 말이냐! 본시 사내란 연약한 아녀자와 노인을 보호하고 지키는 게 옳은 일이지 않냔 말이다!"

"대, 대가리에 똥만 들어찬 새끼이?"

"이런 어린 아새끼가 뒈질라고 환장을 했나!"

"확 그냥 조져 버릴라!"

홍안 소년의 대범한 일갈에 불량배들이 인상을 북북 긁으며 흉악스런 말을 마구 쏟아냈다. 분위기만 보면 당장 홍안 소년을 갈아먹을 것 같다.

'그런데도 당장 달려들려 하지 않는군. 아마 저 열혈소년에게 덤비다가 이미 몇 명 당한 거겠지?

 운검은 홍안 소년과 그의 주변을 에워싼 불량배들의 상태를 살피곤 입가에 흐릿한 미소를 매달았다. 뭔가 처음에 생각했던 것보다 일이 재밌게 돌아가고 있었다. 그는 조금 더 관심을 가지고 지켜보기로 했다.

 그러자 얼굴에 그럴듯한 칼자국이 있는 대머리 거한이 홍안 소년에게 슥 나섰다. 분위기만 봐도 대충 무리의 우두머리 같아 보인다.

 "우리는 이곳 거리를 장악하고 있는 흑랑파(黑狼派)다. 그걸 알고 우리 일을 방해한 것이겠지?"

 "흑랑파? 흑견파(黑犬派)가 아니고? 하는 짓이 꼭 발정난 개 같던걸?"

 "으득! 몇 가지 잔재주를 믿고 죽음을 자초하는구나!"

 나직이 이를 간 대머리 거한이 주변의 불량배들에게 눈짓을 던졌다. 신호다. 자신이 홍안 소년에게 달려드는 것과 동시에 합공을 가하라는.

 불량배들이 얼른 고개를 끄덕였다.

 이런 일이 한두 번이 아니다.

 본래 무술 초식 몇 가지 익혔다고 거들먹대던 녀석들을 이런 식으로 합공해서 늘씬하게 두들겨 패는 것이야말로 흑랑파에서 가장 잘하는 짓이라 할 수 있다.

 휘익!

대머리 거한이 홍안 소년에게 달려들었다.

제법 강맹한 위력을 지닌 주먹이 홍안 소년의 안면을 노리며 파고든다.

뿐만 아니다.

길쭉한 다리가 거의 동시에 홍안 소년의 옆구리로 파고드니, 꽤나 그럴듯한 일권일각의 수법이다. 제대로 된 무술 수련을 거치지 않은 자라면 대번에 당하고야 말 터다.

홍안 소년은 용케도 일권일각의 수법을 피해냈다. 아니, 오히려 강한 반격에 나섰다.

슥!

머리를 옆으로 뉘어 주먹을 피한 홍안 소년이 대머리 거한의 강력한 일각을 팔꿈치로 막아냈다. 관절 부위를 노려 강하게 내려찍은 것이다.

"크악!"

대머리 거한이 외마디 비명과 함께 커다란 몸을 크게 휘청거렸다. 이미 홍안 소년의 팔꿈치에 찍힌 발목 부위가 부러진 듯 전혀 힘이 없어 보인다.

홍안 소년의 얼굴에 환한 미소가 떠올랐다.

자신의 두 배는 족히 되어 보이는 대머리 거한을 물리친 것이 꽤나 자랑스러워 보인다.

그러나 홍안 소년의 주변에는 아직 대머리 거한의 부하들이 잔뜩 모여 있었다.

그들은 대머리 거한이 비명을 터뜨린 순간, 일제히 홍안 소년을 향해 주먹과 발을 날리고 있었다. 정당한 승부 따윈 안중에도 없는 행동이다.

퍼퍽!

자신의 양옆으로 날아든 주먹과 발을 방어하던 홍안 소년이 커다란 타격음과 함께 신형을 휘청거렸다. 어느새 뒤로 다가든 불량배가 휘두른 몽둥이에 등을 얻어맞은 것이다. 홍안 소년도 그냥 당하고만 있지는 않았다.

빠각!

몽둥이를 휘두른 불량배의 턱으로 홍안 소년의 뒤돌려차기가 작렬했다.

어린 나이답지 않은 근성.

빠른 반응이다.

운검은 내심 고개를 가로저었다.

'방어가 약해. 저리 발끈해서 큰 동작을 보이면 양 옆구리가 비잖아.'

과연 그의 예상대로 부러진 발을 늘어뜨리고 있던 대머리 거한이 다시 달려들었다. 뒷차기를 하느라 텅 빈 홍안 소년의 옆구리로 돌격을 감행한 것이다.

"악!"

외마디 비명과 함께 홍안 소년의 몸이 공중으로 부웅 떠올랐다가 바닥에 널브러졌다. 족히 두 배는 되는 대머리 거한의 커다란 덩치에서 형성된 돌진력을 감당하지 못하고 균형을 잃어버린 게 원인이다.

"밟아!"

대머리 거한의 기세등등한 일갈에 불량배들이 일제히 홍안 소년에게 달려들었다. 언제 홍안 소년의 분전에 주춤거렸냐는 듯 한 떼의 승냥이들 같다.

그러나 그들은 또다시 자신들의 뜻을 이룰 수 없었다.

빠각!

빠바바바박!

연달아 터져 나온 격타음과 함께 바닥에 쓰러진 홍안 소년에게 달려들던 불량배들이 이리저리 널브러졌다. 마치 보이지 않는 폭풍에라도 휩쓸린 것 같다.

딱 그런 모습이다.

"도, 도대체 이게 무슨……."

발이 부러지긴 했으나 재빠른 기습으로 홍안 소년을 쓰러뜨리고 득의양양해 있던 대머리 거한이 입을 가볍게 벌렸다. 어째서 홍안 소년을 밟으러 가던 자신의 부하들이 오히려 바닥을 나뒹구는 꼴이 되었는지 도통 이해가 가지 않았다.

그때 그의 곁으로 다가선 그림자 하나.

툭툭.

대머리 거한은 자신의 어깨를 두드리는 손길에 놀란 나머지 커다란 덩치를 휘청거렸다. 눈앞에서 불가사의한 일을 목격한 데다 발목 하나가 부러진 탓에 평소보다 균형을 잡기가 많이 힘들었다.

그러나 그는 용케 바닥에 쓰러지진 않았다. 다행스럽게도 휘청거리는 그를 붙잡아준 손길이 하나 있었기 때문이다. 어깨를 두들긴 운검이다.

"조심해야지요."

"아, 고맙……."

자칫 불량배의 세계로 뛰어든 후 단 한차례도 해본 적이 없는 착한 말을 내뱉을 뻔했던 대머리 거한이 얼른 입을 닫았다. 왠지 자신답지 않은 행동이란 생각이 들었기 때문이다. 대신 그는 평소처럼 인상을 확 긁어 보였다.

"너, 뭐 하는 놈이냐! 나는 너 같은 덜떨어진 녀석의 도움 따윈 필요가 없다!"

"그렇다면 미안."

운검이 붙잡고 있던 대머리 거한의 팔뚝에서 손을 떼며 발로 그의 부러진 다리를 톡 건드렸다.

"우왁!"

대머리 거한이 외마디 비명과 함께 바닥에 쓰러졌다.

운검의 일각.

가벼워 보이는 동작과는 달리 가장 아픈 부위의 경혈을 확실하게 건드렸다. 기껏해야 동네에서 거들먹거리고 다니는 불량배가 견딜 수 있을 만한 위력일 리 만무하다.

"엿차."

운검이 입에 게거품을 물고서 바닥을 뒹굴고 있는 대머리 거한 앞에 쭈그려 앉아 머리를 자신 쪽으로 돌렸다. 역시 매우 가벼워 보이는 동작이나 보통 사람의 두 배쯤 되어 보이는 목뼈가 돌아가며 우두둑 소리를 낸다.

"끄으……"

거의 절반쯤 눈을 까뒤집고 있는 대머리 거한의 뺨을 두어 차례 때린 운검이 조용조용한 목소리로 말했다.

"친구, 철전 몇 개 있나?"

"서, 설마 삐, 삥 뜯는 거, 겁니까?"

"삥?"

운검이 고개를 한차례 갸웃해 보였다. 시정잡배들 사이에서나 통용되는 은어를 그가 알 리 없다. 그래도 머리가 나쁜 편이 아니라 곧 적응했다.

"철전이 없으면, 은자 부스러기 같은 거도 좋아."

'여, 역시 그런 건가!'

"어서."

운검이 입가에 부드러운 웃음을 담고서 손을 내밀어 보였다. 대머리 거한의 부러진 다리를 손가락으로 톡톡 건드리는 걸 잊지 않은 채였다.

운검은 수중에 들려 있는 묵직한 돈주머니의 감촉을 즐기며 희희낙락 관도 위를 걷고 있었다.

한차례 현지 조달로써 족히 한 달치의 식비를 해결하게 되었다. 현재 마음이 크게 즐거운 것도 무리는 아니다.

근데 갑자기 운검이 수중에서 만지작거리고 있던 돈주머니를 재빨리 품속으로 집어넣었다. 희희낙락하고 있던 얼굴 역시 표정 관리에 들어갔다.

'걸음이 보통 사람보다는 살짝 가벼운 게 얼치기 무공 몇 수 정도는 익힌 자 같은데… 그 얼굴이 곱상하던 녀석이 따라온 건가?'

운검이 염두를 굴린 후 시선을 뒤쪽으로 던졌다.

숨이 턱밑까지 찬 상태임에도 전력을 다해 뛰어오고 있는 홍안 소년의 모습이 보인다. 흑랑파를 자처하던 불량배들의 주머니를 털고 마을을 떠난 운검의 뒤를 계속 쫓아온 것 같은 모양새다.

'중간에 갈림길이 몇 차례나 나타났는데 용케도 쫓아왔군. 아니면 갈림길을 하나하나 다 확인하고서 온 건가?'

운검의 예상대로였다.

홍안 소년은 운검에 의해 순식간에 정리된 불량배들을 살핀 후 곧바로 운검의 뒤를 쫓았다. 중간에 나타난 갈림길을 하나하나 확인하고도 금세 뒤쫓는 데 성공한 건 그만큼 전력을 다했다는 반증이라 할 수 있다.

홍안 소년이 그새 운검을 향해 다가와 섰다. 어느새 난마와 같던 숨결은 크게 안정되어 있다. 무공의 기본은 확실하게 다진 것이 분명하다.

"협사님, 여기……."

'협사님?'

운검은 얼마 전까지 화산 부근에서만 활동한 도사였다. 한 번도 다른 사람에게 협사니, 협객이니 하는 말을 들어본 적이 없다. 홍안 소년의 호칭이 꽤나 신선하게 느껴졌다.

그때 홍안 소년이 내민 손안에 들려져 있는 구슬 몇 개가 눈에 들어왔다.

매화와 검, 도(道) 자가 음각되어 있는 구슬.

화산파 비전의 암기술인 암향십삼탄(暗香十三彈)에 쓰이는 일종의 암기다.

본래 이 암기술은 무공이 떨어지는 이대나 입문제자들이 호신용으로 익히는 수법이다. 일반적인 병가나 무가에서 정식 무공에 입문하기 전에 기본적으로 십팔반병기술을 연마하는 것과 비슷한 이치다.

당연히 운검쯤 되는 위치의 인물이 사용할 만한 수법은 아니라 할 수 있다.

하지만 그는 며칠 전까지 옥천궁의 이대제자들에게 암향십삼탄을 가르치고 있었다. 홍안 소년을 위기에서 구해준 몇 개의 구슬은 그 때문에 가지고 있었던 것이다.

'그러고 보니 큰 실수를 저지를 뻔했군. 이곳에서 화산은

그다지 멀지 않으니까 어쩌면 이 구슬의 정체를 알아보는 자가 있을지도 모르는데…….'

운검이 구슬을 받아 들며 홍안 소년에게 고개를 끄덕여 보였다.

"눈이 꽤나 좋군. 구슬을 하나도 빼놓지 않고 찾기가 그리 쉽진 않았을 텐데 말야."

"그 빌어먹을 자식들을 날려 버린 거… 강호의 협사들이 사용한다는 암기술이었지요?"

"그런 셈이지."

"역시 그랬군요. 일단 구명지은(求命之恩)에 저 영호준, 감사의 인사부터 하겠습니다!"

"영호준? 참 잘 어울리는 이름이로군. 그런데 그 빌어먹을 자식들과는 어쩌다가 시비가 붙게 된 것이지?"

"아!"

영호준이 자신의 말투를 따라 하는 운검의 대꾸에 입을 가볍게 벌리더니, 하얀 이를 드러내며 활짝 웃어 보였다.

앳되고 잘생긴 얼굴.

그리 크지 않은 몸집의 홍안 미소년이다.

치열까지 드러내며 웃음을 던지자 그 모습이 자못 빼어난 바가 있었다. 조금만 더 자라면 처녀들의 방심을 마구 뒤흔들 정도의 미청년이 될 터였다.

물론 운검은 잘생긴 사내에게 관심을 느끼진 않는다.

그런 취향은 없다.

그가 대답을 재촉하는 시선을 던지자 영호준이 얼른 태도를 단정히 하고서 말했다.

"제가 그 마을에 들러서 식료품을 구하고 있었을 때, 빌어먹을 자식들 몇 놈이 처녀를 희롱하고 있는 모습을 봤습니다. 대낮부터 그런 짓을 하다니, 정말 한심한 녀석들이었지요."

"그래서?"

"그래서 제가 처녀를 희롱하던 그 빌어먹을 자식의 팔목을 꺾고 발로 엉덩이를 차서 쫓아보냈더니, 멍청하게도 떼거리를 이끌고 복수하러 온 겁니다."

"그러니까 처녀를 구해준 후에 일행들이 몰려오기까지 도망도 치지 않고 기다리고 있었던 거로군?"

"저는 잘못한 게 없습니다. 어째서 도망을 치겠습니까?"

'한 떼의 빌어먹을 자식들한테 흠씬 두들겨 맞고, 자칫 목숨까지 잃어버릴 수도 있으니까 그런 게지.'

운검은 잠시 영호준을 빤히 바라보며 내심 고개를 가로저었다. 그의 뇌리 속에서 눈앞의 영호준은 순식간에 지위가 크게 격하되었다.

"일이 그리된 것이었군."

"예."

운검은 자신을 향해 고개를 주억거리곤 반짝거리는 눈빛을 던지고 있는 영호준의 시선이 사뭇 부담스러웠다. 이런 부류의 꼬맹이들이 이런 상황에서 뭘 원하고 있는지 정도는 굳이 머리를 굴리지 않아도 알 수 있었기 때문이다.

'옥천궁의 꼬맹이 녀석들도 항상 날 이런 식으로 바라보곤 했지. 정말 이런 꼬맹이들은 대책없이 사람을 잘 따른단 말야.'

내심 툴툴거린 운검이 다시 영호준에게 고개를 까닥여 보이곤 신형을 돌려세웠다.

"그럼, 다음에 보세. 나는 갈 길이 바빠서."

"예?"

갑작스런 운검의 이별 통보에 깜짝 놀란 영호준이 얼른 목청을 높여 말했다.

"협사님, 어디로 가십니까?"

"바람따라… 발걸음 닿는 대로……."

"와아!"

운검이 아무 생각 없이 내뱉은 한마디에 영호준이 크게 탄성을 터뜨리며 펄쩍 뛰어올랐다.

그러나 그사이 이미 운검은 뒤도 돌아보지 않고 저만치 먼 곳으로 걸어가고 있었다. 혹여라도 영호준이 다시 따라붙을까 봐 살짝 겁을 내면서였다.

*   *   *

사흘 후.

운검은 다시 영호준을 만나게 되었다. 화산이 위치한 화음현에서 삼백여 리가량 떨어진 위남(渭南)을 지나갈 무렵이었다.

'그동안 중간에 세 개나 되는 마을을 지나치고서야 들른 동네에서 저 꼬맹이 녀석을 다시 보게 될 줄이야!'

한눈에 영호준을 알아본 운검이 재빨리 부근에 있는 바위로 몸을 피하며 내심 고개를 가로저었다.

화산을 떠나고 만난 인연 중 하나.

우연찮게 다시 만나게 된 이상 반가울 법도 하건만 전혀 그런 생각이 들지 않는다. 영호준과 재회하게 된 상황이 그를 그리 만들었다.

부르르!

영호준은 자신의 앞에 허리를 조아리며 서 있는 육십 줄가량의 늙은이를 바라보며 양 주먹을 떨었다. 가뜩이나 붉은 기가 도는 얼굴이 진홍빛으로 물들어 있다.

"그런 개 같은 도적놈이 있다니! 감히 집 안에서 얌전히 수절을 하고 있는 처자를 납치해서 제 사리사욕을 채우려 하다니! 그런 나쁜 놈이 정말로 있다는 말입니까?"

"으흐흑, 그러게 말이오! 내 아들 녀석이 군대에 끌려간 지 기껏해야 오 년밖엔 되지 않았거늘… 어찌 며늘아기를 과부라고 우길 수가 있더란 말이오!"
 "아니, 그럼 군대에 간 아드님의 생사가 확인된 것도 아니란 말입니까?"
 "왜 아니겠소? 그 녀석이 죽었다는 전갈은 아직까지 내 받아보지 못했소이다. 그러니 어찌 죽었다고 할 수 있겠소이까?"
 "당연하죠!"
 영호준이 크게 소리치곤 늙은이에게 열기 어린 목소리로 말했다.
 "어르신, 염려 마십시오! 제가 지금 당장 며느님을 그 개 같은 도적놈한테서 구출해 오겠습니다!"
 "저, 정말 그래 주시겠소? 하지만 그 하가 녀석의 집은 이 동네에서 가장 큰 부자로 호위를 맡은 무사들도 많다오. 이 늙은이가 몇 번이나 찾아갔지만, 며늘아기의 얼굴조차 보지 못했소이다."
 "그래서 어르신이 대로 한복판까지 나와서 협사를 찾고 계셨던 게 아닙니까! 제가 비록 이름난 협사는 아니지만, 어르신의 억울한 사정을 알았으니 그냥 지나치진 않겠습니다!"
 "고맙소! 고맙소이다! 그리만 해주신다면 이 정근모, 비록 가진 것은 없으나 반드시 은혜를 갚겠소이다!"
 자신을 정근모라 밝힌 늙은이가 영호준의 옷자락을 부여잡은 채 연신 허리를 조아렸다. 정말로 대협객를 만난 사람처럼 구는 것이다.

화끈.

영호준이 정근모 노인의 치사에 제빛을 찾았던 얼굴을 다시 크게 붉혔다.

'한 마을에서 가장 큰 부잣집으로 쳐들어가서 여자를 구해 오겠다고? 고작해야 저 늙은이가 한 말만 믿고서?'

운검은 특별히 영호준과 정근모 노인 간의 대화에 관심을 기울이지 않았다.

그럴 필요가 없었다.

흥분한 영호준과 악다구니를 쓰는 정근모 노인의 대화는 자연스럽게 그의 귀로 파고들어 왔다.

이미 영호준의 그다지 탁월하지 못한 무공 실력을 알고 있는 터라 살짝 기가 막히지 않을 수 없었다.

툭툭!

운검이 이마를 손가락으로 몇 차례 두들겼다. 고민에 빠진 것이다.

'얼굴을 모르는 사이도 아니고… 그리 나쁜 녀석도 아니니까…….'

고민은 그리 오래가지 않았다. 안면이 있는 영호준이 개죽음을 당하러 가는 걸 지켜보고만 있을 순 없었다. 그리 판단을 내렸다.

*   *   *

하가장(河家莊).

근방 백여 리 중 가장 큰 성시인 위남에서 세도가 당당한 신흥 가문 중 하나다.

주인인 하성문은 어린 시절부터 큰뜻을 품고 타 지역을 돌며 장사를 했는데, 사십이 되어 돌아온 고향에 커다란 장원을 짓고 들어앉았다.

타지에서 장사에만 골몰하느라 늦게까지 혼인을 하지 못했으나 근래 들어 늦장가를 들어 깨가 쏟아지는 신혼 생활을 즐기고 있었다.

정오가 훌쩍 지난 시각.

평소보다 늦게까지 침실에 틀어박혀 있던 하성문이 자신의 품 안에 포옥 안겨 있는 미부를 향해 미소 지었다.

"허허! 부인, 간밤에 좀 고단했던가 보오?"

"사, 상공. 어찌 그런 말씀을……."

하성문의 품속으로 더욱 깊숙이 파고들며 미부가 살짝 코맹맹이 소리를 냈다. 하성문을 탓하는 소리나 그리 싫은 기색은 느껴지지 않는다.

문득 하성문이 생각이 난 듯 말했다.

"그런데 정 어르신 말이오, 여전히 본 장에 오시지 않겠다고 버티고 계시는 것이오?"

"으음……."

미부가 나직한 신음을 토해냈다.

그녀는 하성문에게 처녀로 시집을 온 게 아니었다. 본래 남편이 있었으나 오 년 전 군대로 끌려가서 생사불명이 된 지 오래였다.

그 후 혼자 된 시아버지를 모신 채 수절을 해왔는데, 몇 달 전 거부 하성문을 만나서 재혼을 하게 되었다.

갑자기 그녀의 재혼을 극구 반대했던 시아버지를 하성문이 언급하자 찬물 한 바가지를 뒤집어쓴 것 같다. 기분 역시 크게 언짢아졌다.

홱액!

하성문의 가슴을 두 손으로 밀어내고 돌아누운 미부가 볼멘 목소리로 말했다.

"아버님은 정말 너무하세요. 상공도 마찬가지고요. 어찌 상공만을 믿고 하가장에 시집온 제 의사도 묻지 않고 모든 걸 결정하는지 모르겠네요."

"부, 부인, 어찌 그러시오. 내가 얼마나 부인을 사랑하는지 잘 알면서……."

"그럼 상공도 더 이상 아버님을 모시잔 말씀은 하지 말아주세요. 제가 상공께 시집오기 위해 얼마나 아버님한테 모진 수모를 당했는지 조금이라도 아신다면 말예요."

"알겠소. 내 알겠으니 화를 푸시오, 부인."

하성문이 연신 미부에게 용서를 빌었다. 평생 돈만 버느라 여인을 접할 기회가 별로 없었던 그로선 가장 무서운 게 미부가 토라지는 것이었다.

생긋.

미부가 입가에 애교 어린 미소를 짓더니, 언제 토라졌냐는 듯 하성문의 품 안으로 다시 파고들었다. 그리고 그의 귓전으로 살며시 내뱉은 한마디.

"만약 아버님이 또 사람을 보내서 행패를 부리면, 상공께서 단단히 본때를 보여주세요. 저는 더 이상 아버님의 행패 때문에 마음을 졸이면서 살고 싶지 않네요."

"알겠소. 내 부인의 말대로 하리다."

"상공, 고마워요!"

미부가 하성문을 꼬옥 끌어안으며 뺨에 입을 쪽 하고 맞췄다.

* * *

'저곳이 그 개 같은 하가 놈이 살고 있는 곳인가? 집 한번 더럽게 크네!'

영호준은 근방에서 가장 눈에 확 띄는 규모를 자랑하는 하가장을 살피며 눈을 빛냈다.

그는 당장 하가장으로 뛰어들어 가 며느리를 납치해 간 하성문에게 정의의 응징을 가하고 싶었다. 젊은 혈기가 가득한 몸이 근질근질거려 왔다.

정근모 노인에게 들은 바로 그의 며느리는 늙은 시아버지를 모신 채 군대로 끌려간 남편을 오 년간이나 기다렸다고 한다. 정말 근래에 보기 드물게 훌륭한 여인이라 아니 할 수 없다.

그런데 그런 여인을 납치해서 희롱하다니!

영호준은 절대로 하가장의 주인인 하성문을 용서할 수 없다고 생각했다.

한데, 그가 막 하가장을 향해 달려가려는 찰나 후두부로 강력한 타격감이 파고들었다.

따악!

느닷없이 그의 뒤통수로 뭔가가 날아와 직격을 가한 것이다.

영호준의 무공 기본은 그리 약하지 않다.

정면으로 붙기만 한다면 웬만한 불량배 몇 놈쯤은 단숨에 박살 낼 수 있다. 그 정도의 실력이 있기에 고향의 무관을 떠나 강호행에 나선 것이다.

슥!

충격을 받고 바닥에 쓰러지는 것과 동시에 그의 손바닥이 지축을 살짝 밀어냈다. 그리고 그 반동을 이용한 영호준의 신형이 재빨리 옆으로 뒤집어졌다.

 사삭!

 곧바로 신형을 곧추세운 그는 이미 쓰러졌던 장소에서 일 장 이상 떨어져 있었다. 어설프나마 자신을 암습한 자로부터 펼쳐질 두 번째 공격에 대한 대응을 보인 것이다.

 '응?'

 영호준은 신중한 자세로 주변을 둘러보다 익숙한 얼굴 하나를 발견했다. 삼 일 전 흑랑파라 자처하던 한 떼의 불량배들로부터 그를 한차례 구해준 적이 있던 운검이다.

 "혀, 협사님!"

 운검이 반가워하는 영호준의 태도를 싹 무시한 채 말했다.

 "눈 좋지? 부근을 살피면 지난번에 내게 가져왔던 구슬 하나가 보일 테니, 주워와."

 "예? 아, 예!"

 영호준은 잠시 멍청한 표정을 짓다가 곧 운검이 한 말의 의미를 알아챘다. 방금 전에 자신의 후두부를 강타했던 물건의 정체가 밝혀진 것이다.

 얼른 구슬을 찾아 든 그가 냉큼 운검에게 달려왔다. 처음에 봤을 때처럼 얼굴이 붉게 상기되어 있다. 그때와는 조금 원인이 다르다.

 "협사님, 여기… 그런데 어째서 아무 이유도 없이 제게 암수를 쓰신 겁니까?"

구슬을 내밀며 입술을 비죽거리는 영호준의 질문을 운검이 동문서답하듯 맞받았다.

"설마하니 이 훤한 백주대낮에 저 커다란 장원으로 돌진해서 사람을 죽이고, 그 정근모란 노인장의 며느리를 구해올 생각을 하고 있었던 건 아닐 테지?"

"어! 어떻게 그걸?"

"엿들었지. 그런 건 중요한 게 아니니, 내가 묻는 말에나 대답해."

"그, 그러려고 했는데요?"

"그러니 괜스레 뒤통수를 얻어맞지."

퉁명스런 한마디와 함께 운검이 영호준의 손에서 구슬을 싹 빼앗아갔다.

난화불혈수(蘭花拂穴手).

화산 비전의 금나수법이 펼쳐졌다.

영호준이 비록 무공의 기초가 제법 착실하게 다져져 있다 하나 당해낼 도리가 없다.

두 눈을 버젓이 뜬 채로 자신의 손바닥에서 구슬이 사라지는 광경을 지켜봐야만 했다.

"와! 와!"

영호준이 방금 전 후두부를 강타당했던 일도 까맣게 잊고 연속적으로 탄성을 터뜨렸다. 신기한 마술을 보고 환호작약하는 어린아이와 다를 바 없는 모습이다. 그러다 그가 갑자기 운검이 던진 말에 의문을 표시했다.

"협사님, 그런데 제가 장원으로 돌진하는 게 어째서 뒤통수를 얻어맞는 까닭이 되는 거지요?"

"하나밖에 없는 목숨을 헛되이 다루는 녀석은 좀 두들겨 맞는 편이 낫기 때문이다."

영호준의 얼굴이 다시 붉게 물들었다.

"아! 협사님은 제가 저 개 같은 하가 녀석이 살고 있는 장원으로 아무런 준비도 없이 뛰어들려던 걸 꾸짖으신 거군요."

"당연하지."

운검이 고개를 끄덕이자 영호준이 눈을 빛내며 말했다.

"협사님의 뜻은 잘 알겠습니다. 하지만 저 영호준, 비록 부족하지만 협행을 위해서 고향을 등지고 강호에 나왔습니다. 어찌 불의(不義)한 일을 보고서 그냥 지나칠 수 있겠습니까? 제가 어렸을 때 무공의 기초를 잡아주신 용 노사님께 한 협사의 장렬한 죽음에 대해서 들은 적이 있습니다."

"협사의 장렬한 죽음?"

"예. 그 협사 분은 평범한 삼류무사로 길을 가고 있던 중에 한 사내가 울고 있는 장면을 보고 이유를 물어봤습니다. 그랬더니 그 사내가 말하길, '오늘 이 마을의 토호 집안에서 오리 한 마리가 없어졌는데, 제 아이가 잡아먹었다고 트집을 잡으며 죽도록 두들겨 팼습니다. 그래서 제가 방금 전에 아이의 결백을 지키기 위해서 칼로 배를 갈랐습니다. 오리를 잡아먹은 게 분명하다면 필시 뱃속에서 그 찌꺼기가 나와야 할 테니까요. 하지만 아이의 배에선 오리 찌꺼기가 조금도 나오지 않았습니다. 그런데도 토호는 미안하다는 말은커녕 항의하는 이놈을 역시 두들겨 패서 내쫓았습니다. 이 원통한 사정을 부디 무사님께서 갚아주십시오!' 라 하는 겁니다. 그러자 삼류무사는 황당한 마음에, '내가 어찌 당신의 말을 믿을 수 있겠소? 당신이 한 말은 꽤나 황당하지 않소이까?' 라 말했고, 사내는 두말없이 칼을 꺼내 자신의 배를 갈랐습니다. 삼류무사의 질문에 답을 한 것이지요."

'…그리고 그 후 그 삼류무사는 두 번 생각할 것도 없이 녹슨 칼을 들고서 토호에게로 달려가서 단칼에 죽이고, 자신 역시 호위무사들의 칼에 목숨을 잃었지. 생면부지의 인물을 위해서 목숨을 초개처럼 내던진 거야.'

영호준이 언급한 고사는 운검 역시 익히 알고 있는 것이었다. 그 역시 어린 시절 사부 현명 진인에게 강호의 협(俠)에 대한 설명과 함께 들은 기억이 있었기 때문이다.

그러나 당시 운검은 삼류무사의 그 같은 죽음이 전혀 대단하게 생각되지 않았다. 비록 눈앞에서 한 사람이 스스로 배를 갈라 목숨을 끊었다곤 하나 너무 감정적으로 일을 처리했다는 생각이 들었다.

만에 하나!

삼류무사의 앞에서 배를 가르고 죽은 사내가 부자와 다른 식으로 원한을 맺었을 가능성이 있다.

 그래서 다른 사람의 칼을 이용해서 차도살인(借刀殺人)을 하려 했을 수도 있다.

 그러니 삼류무사는 반드시 당시 정확한 사정을 확인해 본 연후에 일을 처리했어야만 한다.

 운검은 어린 나이에도 그런 생각을 했었다.

 하물며 이제 그리 많지 않은 인생에 온갖 일을 경험한 후에 영호준에게 전해 들은 고사는 그리 새롭지 않았다. 마음을 울리는 어떠한 것도 느낄 수가 없었다.

 '하지만 이 녀석은 지금 거짓을 말하고 있지 않다. 진짜 순수하게 그 삼류무사의 고사를 추앙하고 있어. 종류는 다르지만 옛날, 그 일이 벌어지기 전의 내가 화산파와 무(武)의 길에 가졌던 열망과 마찬가지의 색깔이다, 분명히.'

 내심 중얼거린 운검이 열기에 들떠 있는 영호준에게 차갑게 말했다.

 "그래서 그 며느리를 빼앗겼다던 정근모 노인이 배를 가르기라도 했나?"

 "예?"

 "그 고사에 나오는 사내처럼 자신의 배를 갈라서 확고한 뜻을 보이기라도 했냐고 묻고 있는 거다."

 "그, 그렇진 않지만……."

 여태까지의 확신에 찬 모습과 달리 영호준은 말을 더듬거렸다. 운검의 단순한 질문에 전혀 반론을 제기하지 못했다. 운검이 입가에 가벼운 한숨을 매달았다.

"후우. 뭐, 세상에는 자네와 같은 열혈남아가 존재하는 게 그리 나쁜 일은 아닐 거야. 강호를 살아가는 남자의 피는 가끔씩 뜨거울 필요가 있으니까 말야."

"그렇습니다! 그러니까……."

"그렇습니다가 아냐!"

영호준의 말을 목청을 높여서 자른 운검이 냉정한 표정을 지은 채 말했다.

"강호를 살아가는 남자의 피가 가끔씩 뜨거울 필요가 있는 건 항시 머리를 얼음처럼 차갑게 하고 있어야만 하기 때문이다. 그 점을 모른다면 단 며칠도 버티지 못하고 못된 인간들에게 속아 넘어가 강호를 나뒹구는 고혼이 되어버릴 뿐이야. 그 점을 너는 모르고 있다. 전혀!"

"……."

운검의 준엄한 일갈에 영호준이 입을 굳게 다물었다.

항시 붉은 기를 간직하고 있던 얼굴.

어느새 살짝 하얀 색깔로 물들어가고 있었다.

第三章

천사심공(天邪心功)
다시 돌아온 과거의 기억, 그냥 흘려보낼 수는 없다

華山
劍宗

 운검은 영호준을 대동하고 하가장으로 향했다.
 미리 단단하게 주의를 준 터라 뒤따르는 영호준은 입을 한 일자로 다물고 있었다. 곱상한 외모와 다른 다혈질의 성질을 꾹 눌러 참고 있는 것이다.
 '생각했던 것보다 바보는 아니니 다행이군. 말귀도 제법 잘 알아듣는 편이고.'
 힐끔.
 영호준의 모습을 살핀 운검이 하가장의 정문을 지키고 있는 무사 앞에 이르러 정중히 말했다.
 "이곳이 위남 일대에서 가장 유명하다고 알려진 하가장이 맞습니까?"

"그렇소이다. 이곳이 그 위남에서 가장 큰 상단과 표국을 거느리고 있는 하가장이올시다!"

"제가 제대로 찾아왔군요. 하가장주님을 뵙기 위해 왔으니 전언을 넣어주시기 바랍니다."

"장주님을……."

무사가 눈매를 가늘게 만들고서 운검과 뒤에 서 있는 영호준을 이리저리 살펴봤다.

허름한 옷을 걸쳤으나 말투가 고아한 운검.

겉으로만 보면 잘생기고 기태가 헌앙한 미소년인 영호준.

두 사람에 대한 가늠은 하루에도 수많은 사람들을 접하는 위치에 있는 무사에게도 그리 쉽지 않았다. 일단은 호통을 쳐서 물리는 것보다는 몇 가지 질문을 던져서 신분을 확인하는 게 낫겠다는 판단을 내린 건 당연하다.

"장주님은 아무나 뵙지 않으십니다. 혹시 미리 장주님과 선약이 되어 있으신지요?"

운검이 고개를 가로저었다.

"그렇진 않습니다. 하지만 정근모 노인장에 관해서 말씀드릴 게 있다고 전해주시면 감사하겠습니다."

"저, 정 노인 말입니까?"

"예."

운검이 고개를 끄덕이자 무사가 인상을 확 구겨 보였다. 정근모 노인이 몇 번이나 하가장을 찾아와 난동을 부린 건 사실이었던 것 같다.

무사가 한숨과 함께 미심쩍은 표정을 지어 보였다.

"실례지만 정 노인과는 어떤 사이신지 물어봐도 되겠습니까?"

"아무 사이도 아닙니다."

"예? 그런데 어째서……"

"정근모 노인장이 관도 한가운데서 지나가는 사람들마다 붙잡고서 하가장과 장주님을 욕하고 있더군요. 그래서 알게 되었습니다."

"이런 망할 늙은이 같으니! 지난번에 그리 난동을 부린 것도 모자라서 또 그런 말도 안 되는 짓거리를 벌이고 있다니!"

무사의 분개 어린 표정과 말을 들은 운검이 내심 고개를 끄덕여 보였다.

'역시 예상대로 정근모 노인과 며느리, 하가장주 사이엔 심상치 않은 관계가 있었군. 이 무사에게선 전혀 거짓된 기색이 느껴지지가 않아.'

사람의 마음을 간단히 읽을 수 있다는 건 저주이기도 하지만, 잠깐만 생각을 달리하면 대단히 편리한 기술이다. 어떤 상황에서도 침착할 수 있고, 간악한 자들의 술수에 속아 넘어가지도 않는다.

그러나 운검과 달리 영호준에겐 그런 능력이 없다.

그는 무사가 정근모 노인을 욕하자 얼굴을 붉게 물들인 채 온몸을 부들부들 떨었다. 당장 폭발하고 싶은 걸 간신히 참고 있는 것이다.

운검이 그런 영호준에게 힐끗 시선을 던져 경동치 못하게 경고를 던진 후 무사에게 말했다.

"하가장은 지역에서 명망이 높은 상가입니다. 만약 계속해서 주변 관도에서 욕을 하는 사람이 있다면, 그리 좋은 일은 아닐 거라 사료됩니다."

"그야 그렇지요. 하지만 그 정 노인이 본 장의 가모님과 관계가 깊은지라 어찌할 수도 없고……."

"그러니 하가장주님한테 제가 왔음을 전해주십시오. 정근모 노인장의 일을 완벽하게 해결해 줄 사람이 왔다고 말입니다."

"그, 그런……."

"필시 후일 오늘의 일을 처리한 것에 대해 하가장주님께 칭찬을 듣게 되실 겁니다."

"……."

운검이 마지막으로 무사에게 던진 말은 순간적으로 그의 뇌리를 스치고 지나간 생각과 동일했다.

끄덕끄덕.

이미 마음이 흔들리고 있던 무사가 결국 고개를 열심히 주억거렸다.

잠시 후.

운검과 영호준은 하가장에 들어서 장주인 하성문과 다탁을 마주한 채 자리를 함께하고 있었다. 정문을 지키고 있던 무사의 열성적인 보고가 이 같은 결과에 있어 큰 역할을 했음은 의심의 여지가 없는 사실이다.

모락모락 피어오르는 다향.

한 지역을 장악하고 있는 거상답게 하성문이 운검과 영호준에게 내놓은 차는 상당히 상급품이다.

화산에서 생활하는 동안 기껏해야 도차(道茶) 같은 자생종 찻잎 정도밖엔 마셔보지 못한 운검이 다향을 음미하곤 입가에 흡족한 미소를 내비쳤다.

"다향이 참 좋군요."

"미차(眉茶)올시다. 장초청(長炒靑)에 속한 차종으로 형태가 가늘고 휘어져서 마치 여인의 눈썹과 같다고 그런 이름이 지어졌지요."

"비싸겠군요?"

"항주(杭州)의 용정차(春精茶)나 운남(雲南)의 보이차, 일엽차 등과 비교하자면 그리 명차라고 할 수도 없습니다. 그래도 섬서 지방에서는 제법 이름이 알려져서 우리 하가장에서 주력으로 다루고 있는 상품 중 하나입니다."

용정차, 보이차, 일엽차…….

천사심공(天邪心功)

천하삼대명차라 꼽힐 만큼 대단한 차들이 언급되었다.

하지만 본래 운검은 차에 대해서 아는 지식이 그리 많지 않다. 방금 전 던진 말도 그저 듣기 좋으라고 한 소리 한 것에 불과했다.

하성문이 바라고 있던 또 한차례의 상찬을 던질 까닭이 없다. 몇 차례 고개를 끄덕인 그가 곧바로 본론에 들어갔다.

"이미 들어서 아시겠지만, 제가 오늘 하가장을 방문한 건 정근모 노인장의 하소연을 들었기 때문입니다. 그에 대해서 해명하실 게 있으신지요?"

"해명이라 하시면… 무슨……?"

"정근모 노인장은 울면서 말하기를, 하가장의 장주님께서 자신의 며느리를 강제로 납치해 갔다고 하셨습니다."

"허어! 그 무슨 말도 안 되는!"

하성문은 오랜 장사로 다져진 평정심마저 깨뜨린 채 얼굴 가득 노한 기색을 드러냈다. 정말로 말도 안 되는 일을 만났다는 표정이다.

그러나 운검의 얼굴은 태연하기만 하다. 어느새 안절부절 못하는 표정이 된 영호준과는 확연할 정도로 다른 모습이다.

'정문으로 당당히 찾아와서 날 보기를 청했다길래 어떤 담대한 인물인가 했더니, 내 노한 표정을 보고서도 전혀 개의치 않는 기색을 보니 분명 한칼을 숨긴 자가 틀림없겠구나!'

내심 운검의 태도를 살핀 하성문이 얼른 노기를 지웠다.

오랜 장사 경력으로 볼 때 운검과 같은 사람을 상대하기란 여간 쉽지 않았다. 허장성세나 세력을 앞세운 압박이 그다지 큰 도움이 되지 않기 때문이다.

"이 하 모는 평생 동안 장사를 해온 상계의 인물입니다. 상계에서 가장 중시 여기는 건 신용과 주변의 평판이라 할 수 있습니다. 어찌 강제로 유부녀를 납치해서 스스로의 평판을 깎는 짓을 할 수 있겠소이까?"

"저 역시 그 점이 의심스러웠습니다. 그래서 정근모 노인장의 말을 들은 후 인근을 돌면서 몇 명의 주민들에게 하가장과 장주님의 평판을 물어봤습니다."

"하 모의 평판이 어떻던가요?"

"굉장히 좋으시더군요. 보통 부자들 중에 수전노들이 많은데, 장주님은 제법 인근에 덕을 베푸셨더군요. 후일 지금보다 큰 부자가 되실 만한 재량을 느낄 수 있었습니다."

"그, 그렇습니까······."

하성문은 자신도 모르게 말을 더듬거렸다.

방금 전처럼 머리로 판단한 후의 대응이 아니다. 나이가 자신의 절반밖엔 안 되어 보이는 운검에게서 일시 묘한 위압감을 느낀 까닭이다.

'어찌 오늘 처음 본 이 젊은이 앞에서 자꾸 주눅이 드는 것인가? 마치 집안의 어르신 앞에 무릎을 꿇고서 꾸짖음을 듣고 있는 것 같지 않은가!'

천사심공(天邪心功) 83

하성문이 내심 고개를 가로젓고 있을 때였다. 갑자기 방문 밖에서 나직하고 부드러운 여인의 목소리가 들려왔다.

"상공, 아버님의 일로 손님들이 찾아왔다고 들었습니다. 제가 잠시 들어가도 되겠는지요?"

'이 목소리는?'

운검은 방문 밖에서 들려온 여인의 목소리에 얼핏 눈살을 찌푸려 보였다.

두근.

갑자기 심장이 뛴다.

수년 동안 수없을 정도로 많이 경험한 적이 있는 일이다.

심장에 박혀 있는 구마련주의 마정이 주는 고통.

이젠 슬슬 익숙해질 만도 한데, 뒷골까지 찌르르하게 파고드는 불쾌감은 견디기 쉽지 않다.

그때다.

하성문의 허락의 말과 함께 방문이 열리고 한 명의 미소부가 모습을 드러냈다. 몇 달 전까지 정근모 노인의 며느리였고, 현재는 하성문의 부인이자 하가장의 안주인이 되어 있는 여인의 등장이었다.

"우앗!"

속마음을 숨기는 데 익숙지 않은 영호준이 미소부의 아름다운 자태에 탄성을 터뜨렸다.

아직 그리 많지 않은 십칠 세의 나이.

그의 일생 중 눈앞에 모습을 드러낸 미소부보다 아름다운 여인은 본 적이 없다. 한창 혈기 왕성한 나이이니 입이 벌어지고 감탄사가 터져 나오는 것도 무리는 아니다.

미소부가 준수한 얼굴의 영호준을 살짝 살피고 입가에 호선을 만들어냈다. 누가 봐도 잘생긴 미소년이 순수하게 자신의 미모에 반한 기색을 보이니 기분이 나쁠 리 없다.

그러나 그녀의 미소는 곧 자취를 감췄다.

운검.

영호준은 물론이거니와 노련한 상계의 인물인 하성문조차 넋을 잃어버린 미소부의 등장에도 한 치의 흐트러짐이 없다. 오히려 눈빛이 차갑다. 마치 미소부의 내심 깊숙한 곳을 파고들어 하나하나 헤집어놓을 것 같다.

'뭐, 뭐야! 이 사람……'

미소부는 운검의 차가운 눈빛에 입술을 바르르 떨었다. 일시 정신이 아득해지는 게 어찌할 바를 모르게 되어버렸다. 암흑의 공간으로 굴러 떨어진 것 같다.

그때 운검이 갑자기 그녀로부터 눈빛을 거둬들였다.

비틀!

미소부가 섬세한 몸을 가볍게 휘청거렸다. 운검이 시선을 거둬들인 순간, 속박에서 벗어나긴 했다. 암흑의 공간 속에서 빠져나온 것이다.

그래도 충격까지 완전히 소멸된 건 아니다.

그녀는 거의 절반쯤 바닥에 무너져 내리다 황급히 자리에서 일어선 영호준의 부축을 받았다. 가까스로 바닥에 쓰러지는 추태를 면할 수 있었다.

"부인, 괜찮으십니까?"

"아, 괜찮습니다. 갑자기 현기증이 나서. 그런데 소협, 죄송하지만 손 좀 치워주시겠어요?"

"이, 이런! 죄송합니다!"

영호준이 황급히 미소부에게서 떨어져 나왔다. 거의 본능적으로 미소부를 부축했을 때만큼 빠른 속도다.

그런 영호준에게 미미하게 고개를 끄덕여 보인 미소부가 하성문에게 애교 띤 미소를 던졌다.

"상공 앞에서 추태를 보였습니다."

"부인, 어디 몸이 안 좋은 게 아니오? 안색이 무척 나빠 보이는데……."

"아버님께서 또다시 일을 만드셨으니, 어찌 제 마음이 편할 수 있겠습니까? 잠시 현기증이 났을 뿐이니 상공께서는 마음에 두지 마세요."

"으음, 그렇다면야 다행이지만."

하성문은 미소부의 말에 딱딱하게 굳었던 안색을 얼른 풀었다. 그녀의 말을 전적으로 믿는 눈치가 완연하다.

운검이 그 모습을 차갑게 바라봤다.

'정근모 노인과 하가장주를 만났을 때부터 기묘한 느낌을 받았었는데… 내 저주받은 심장이 확실한 답을 주는군. 어째서 이런 과거의 존재가 내 앞에 다시 모습을 드러냈는진 모르겠지만…….'

자신만 알아들을 수 있는 생각.

무심히 미소부와 하성문을 바라보는 운검의 시선에 기묘한 기운이 번뜩였다.

밤.

운검과 영호준은 하룻밤을 하가장에서 유숙하게 되었다. 미소부가 하성문과 자신 간의 정당한 혼인 관계에 대한 설명을 한 후에 은근히 두 사람을 붙잡았기 때문이다.

운검 역시 굳이 하가장을 곧바로 떠날 생각이 없었다.

사실 미소부가 떠나길 종용했다면 영호준을 떠나보낸 후 몰래 다시 숨어들 작정까지 하고 있었다. 자신의 심장을 오랜만에 괴롭힌 미소부에 대해서 확인해 봐야 할 사항이 있다는 판단이었다.

저벅저벅…….

운검은 차가운 밤공기를 마시며 숙소로 배정된 별원 앞의 정원을 천천히 걸었다.

특별한 사정이 있어서가 아니다.

그는 밤의 어둠을 틈타 자신에게 다가올 누군가를 기다리는 중이었다. 반드시 이 밤이 가기 전에 접촉해 올 것이란 확신을 갖고 있었다.

'그나저나 영호준이란 녀석. 정의를 위해선 목숨조차 아깝지 않다는 둥 길길이 날뛸 때는 언제고… 곧바로 수긍을 해버리다니, 생각보다 포기가 정말 빠른 놈이야.'

운검은 지금 별원에서 곤하게 잠들어 있는 영호준을 떠올리며 입가에 쓴웃음을 매달았다.

급하게 타오르고 빨리 식는 성격.

오 년 전 자하구벽검을 잃어버리기 전, 천하에서 무서운 게 아무것도 없었을 때의 자신을 보는 것만 같다.

그때 정원을 서성거리던 운검의 앞으로 흐릿한 그림자 하나가 모습을 드러냈다.

팔랑거리는 하얀 옷자락.

흐릿한 달빛 아래 흔들리는 모호한 움직임.

만약 간담이 작은 사람이라면 귀신을 본 것처럼 소스라치게 놀랄 수도 있을 것 같다. 그만큼 갑작스럽고 괴이한 등장이고 모양새다.

운검은 그리 간담이 작은 사람이 아니다.

귀신 역시 믿지 않는다.

자신의 앞에 갑자기 모습을 드러낸 그림자를 무심히 바라본 그가 입가에 흐릿한 미소를 만들어냈다.

"부인, 오 년 전 정근모 노인장 댁으로 시집을 갔다고 했었던가요? 그 후 정근모 노인장의 아들은 군대로 끌려갔고? 좀 지나칠 정도의 우연이라고 생각하오만?"

"……."

운검은 그림자의 정체를 하가장주 하성문의 부인인 미소부라 단정짓고 있었다.

질문의 요지가 그 같은 사실을 확인시켜 준다. 그러나 그림자는 운검의 질문에 침묵으로 일관하더니 갑자기 신형을 한 차례 뒤집어 보였다.

스슥.

순간적으로 모호하던 그림자의 형체가 또렷해졌다.

그리고 모습을 드러난 실체!

애초에 운검의 예상대로 미소부다.

그녀는 불가사의할 정도로 급격히 방위 이동을 몇 차례 하더니, 곧바로 운검 앞으로 신형을 날려왔다. 웬만한 일류고수 못지않은 빠르고 날렵한 신법이다.

파팟!

미소부의 곧추세워진 양 손가락 끝에서 음한한 기운이 일어났다.

음한기공이 깃든 지풍(指風).

운검의 마혈과 상반신에 위치한 사혈 몇 군데를 동시에 노린다.

방향을 가늠키 힘든 속도와 변화다.

그러나 이미 운검은 자리를 이동해 있었다. 미소부가 지풍을 날리며 파고들기 바로 직전에 미리 공격을 예측하고 반격을 가하기에 가장 완벽한 방위를 점했다.

퍽!

운검의 발끝이 현란한 움직임과 함께 미소부의 복부로 파고들었다.

구궁보(九宮步).

그에 이은 소엽퇴법(掃葉腿法).

기습이나 다름없는 공격의 허를 절묘하게 찌르고 파고든 운검의 소엽퇴법의 변화를 미소부는 전혀 피해내지 못했다. 어쩌다 이런 반격을 허용하게 되었는지조차 파악할 수 없었다. 단지 작은 입을 크게 벌렸을 뿐이다.

"하악!"

지독한 고통으로 인해 허리를 숙이고 입을 딱 벌린 미소부의 머리 위로 운검의 발이 떨어져 내렸다. 이번엔 표미각(豹尾脚)이다.

빠각!

운검은 사정을 두지 않았다, 전혀.

미소부는 허리를 숙인 채로 바닥에 얼굴을 파묻었다. 비참할 정도의 패배다.

묵묵히 뒤로 한 걸음 물러선 운검이 얼굴을 바닥에 처박은 미소부를 바라봤다. 어느새 말투가 바뀌어 있다.

"방금 전 모습을 드러낼 때 펼쳤던 건 은형잠둔술(隱形潛遁

術)이고, 혈빙지(血氷指)가 노린 건 내 마혈과 상반신 전체의 사혈이었던 것 같은데, 내 말이 맞나?"

"어, 어떻게 그걸……."

간신히 얼굴을 들어 올린 미소부가 운검을 불신 어린 표정으로 바라봤다.

은형잠둔술과 혈빙지.

오 년 전 그녀가 무림을 떠나 민간에 숨어들기로 결정을 내린 후 단 한 번밖엔 사용한 적이 없는 비장의 절기다. 그걸 한눈에 알아볼 수 있는 사람을 만나게 될 줄은 꿈에도 몰랐다. 놀라는 건 당연하다.

'역시 그랬던가! 하긴 천하제패를 노렸던 구마련에 속했던 자들이 모조리 몰살을 당했다는 게 오히려 이상한 일이겠지. 그들은 정말 강했으니까.'

운검은 오 년 전의 대혈전을 떠올리곤 미소부에게서 다시 한 걸음 더 물러섰다. 더 이상 그녀를 두들겨 패지 않겠다는 뜻을 분명히 한 것이다.

슥!

미소부가 언제 낭패한 꼴이 되었냐는 듯 재빨리 신형을 뒤집어 섰다. 이미 들통이 난 만큼 독문신법인 은형잠둔술의 특징을 굳이 숨기려 하지도 않는다.

그렇게 적당히 운검과의 거리를 벌린 미소부가 얼굴에 묻은 흙먼지를 개의치 않고 질문했다.

"당신의 정체는 뭐죠? 어떻게 은형잠둔술과 혈빙지에 대해 알고 있는 거예요?"

"나는 네가 정근모 노인장과 하가장주를 혈빙투안섭혼공(血氷透眼攝魂功)으로 심령을 홀렸다는 것도 알고 있다."

"어, 어찌 그런 것까지 알 수가……."

"간단한 일이야. 정근모 노인장은 애초에 군대에 간 아들 때문이 아니라 며느리와 하가장주 간의 사이를 질투해서 난리를 벌인 것이니까. 그리고 하가장주 역시 상계의 노련한 인물인데도 일개 과부에게 한눈에 반한 건 혈빙투안섭혼공이 아니고선 설명하기 힘든 일일 것이야. 그렇지 않나?"

"단지 그런 몇 가지 정황만 가지고서 혈빙투안섭혼공을 간파한다는 건 말도 안 돼요! 당신에겐 분명히 뭔가 제가 모르는 어떤 게 있어요!"

"그럴까?"

"그래요!"

미소부가 차가운 대답과 함께 다시 공력을 운집했다. 절대로 자신의 치명적인 비밀을 알아챈 운검을 살려서 보낼 수 없다는 판단이었다. 운검과 죽기를 각오하고 싸울 작정을 한 것이다.

운검이 경고하듯 말했다.

"구마련이 천하사패와 구대문파의 합공을 받고서 세상에서 모습을 감춘 지 벌써 오 년이 지났다. 이제 와서 굳이 전날의 은원을 풀어야 할 필요가 있을까?"

"그렇기 때문에 더더욱 저는 당신을 이대로 보낼 수 없어요! 비참하게 사냥당하다가 가까스로 찾은 보금자리를 잃어버릴 순 없으니까요!"

"그럼 공격해. 나는 누군가에게 구걸하듯 부탁하거나 걸어오는 싸움을 회피하는 성격이 아니니까."

"……."

운검의 당당한 말에 미소부가 움찔 신형을 떨어 보였다.

눈빛.

처음에 운검을 대면했을 때와 똑같다. 그녀는 갑자기 온몸에서 소름이 돋는 걸 느꼈다. 또렷하던 정신 역시 끝 모를 심연 속으로 빠져드는 것처럼 아찔해진다.

'안 돼!'

미소부가 아랫입술을 피가 나도록 깨물었다. 당장이라도 자신의 통제 밖으로 날아가 버릴 것 같은 정신을 어떻게든 부여잡기 위한 방편이었다.

그러나 소용이 없었다.

미소부는 운검의 눈빛 속에서 후들후들 전신을 떨고 있었다. 공격은커녕 살기조차 일으킬 수 없었다. 정신적으로 완전히 제압을 당해 버리고 만 것이다.

휘청!

단지 자신의 강한 눈빛을 본 것만으로 전의를 완전히 소실한 미소부를 바라보며 운검은 씁쓸한 표정이 되었다. 눈앞의 미소부가 보이는 정신적인 충격이 어디에서 기인한 것인지 대충 예상하고 있었기 때문이다.

오 년 전.

심장에 박혀든 구마련주의 마정.

마도 무학의 총화가 깃들었다고도 할 수 있는 마정에 담겨져 있던 기운은 저주나 다름없는 천사심공뿐은 아니었다.

그 외에도 무수히 많은 마공의 기운이 뒤섞여 있었고, 그것들은 동류의 기운을 풍기는 자들을 강력하게 제압했다. 일종의 금제력이었다.

게다가 그 같은 마정의 금제력은 마공의 깊이가 강한 자일수록 더욱 극심하게 작용하는 듯했다.

혈빙투안섭혼공에 홀린 정근모 노인이나 하가장주와 달리 시전자인 눈앞의 미소부가 운검을 접하고 더욱 큰 정신적 충격을 받은 게 이를 증명한다.

더불어 운검은 또 다른 사실도 깨달았다.

'화산에서도 저 여인을 만났을 때처럼 심장이 두근거리고 아플 때가 있었다. 그리고 내 시선을 제대로 접하지 못하고 자꾸 피하려는 사람 또한 있었어. 화산 또한 이미 오래전에 어둠 속에 물들었던 것이다.'

문득문득 찾아들었던 심장이 터지는 듯한 고통.

그 원인에 대한 깨달음.

그것이 운검을 씁쓸하게 만들었다. 심장이 아니라 가슴 한 켠을 아프게 짓눌러 왔다.

그러나 그는 곧 평정심을 되찾았다.

이미 화산을 떠난 몸.

더 이상 과거에 연연하는 건 그답지 못하다.

미소부에게서 시선을 거둔 운검이 문득 하늘의 달을 바라보며 중얼거리듯 말했다.

"내 한 가지만 묻겠다. 그 대답 여하에 따라서 널 죽일 수도 있고, 그냥 놔둘 수도 있으니 잘 생각해서 대답하는 게 좋을 것이다."

"마, 말해보세요……."

"오 년 전 혼인을 올리자마자 군대로 끌려갔다는 정근모 노인장의 아들은 어찌 됐지?"

"그, 그는……."

잠시 말끝을 끌던 미소부가 힘겹게 대답했다.

"…그는 본래 구마련의 하위무사였던 사람이에요. 구마련이 오 년 전 정파의 연합 세력에 의해 패퇴하자 그의 아내 노릇을 하기로 한 거예요."

"그럼?"

"그는 오 년 전 정파와의 마지막 싸움이 있기 직전에 이미 목숨을 잃었어요. 혈빙투안섭혼공을 아니까 그 속에 담긴 공효 역시 알고 있겠지요? 저는 아버님의 기억을 조작했어요.

아들이 죽기 전에 혼례를 올린 것처럼 말예요."

"그럼 어째서 정근모 노인장을 하가장에 함께 모시지 않은 거지? 저렇게 대로에서 날뛰게 만들어서 이로울 게 없을 텐데?"

"제 혈빙투안섭혼공에는 한 가지 약점이 있어요. 아버님처럼 나이가 많은 분에게 계속 사용을 하면 원기를 크게 해치게 된다는 점이에요."

"그래도 저리 떠들어대면 정체가 발각날 위험이 있을 텐데?"

"혈빙투안섭혼공의 공효는 시전자를 계속 접하지 않으면 점차 약화되게 되어 있어요. 사실 이렇게까지 아버님에게 영향이 계속 남아 있으리라곤 생각하지 못했어요."

"그 말, 거짓은 아닐 테지?"

운검의 시선이 다시 미소부를 향했다.

그녀가 얼른 그의 시선을 피한 채 말했다.

"당신의 눈빛은 정말 두렵군요. 저는 감히 당신한테 거짓말을 할 수 없어요. 도대체 어째서 이렇게 됐는진 모르겠지만……."

'천사심공을 포함한 구마련주의 마정에는 보통 사람의 이면을 읽을 수 있을뿐더러 구마련에 속했던 마인들의 심령을 제압하고 거짓말을 못하게 만드는 공효 역시 있었을 것이다. 그렇다면 굳이 저 여인을 죽일 필요는 없다. 난 어차피 화산

뿐 아니라 무림 역시 떠날 작정을 하고 있으니까.'

내심 결심을 굳힌 운검이 낯을 살짝 풀어 보였다.

"정파와 구마련 간의 싸움은 이미 오 년 전에 끝났다. 그리고 나는 이제 무림을 떠나려 하고 있는 중. 오늘의 일은 우리 둘만 알고 있으면 되리라 본다."

"서, 설마 내 정체를 들추어내지 않겠다는 건가요?"

"그래. 나는 내일 하가장을 떠날 거야. 대신 정근모 노인장을 하가장에 모셔다가 착한 며느리로서 일생을 편히 봉양하는 편이 좋을 거야. 어차피 혈빙투안섭혼공의 영향이 아니더라도 그 노인장의 남은 생은 그리 길지 않을 테니까 말야."

"……."

미소부는 곧바로 대답을 하지 못했다. 운검이 던진 시선을 감히 받지 못하고 계속 외면하고 있어야만 했기 때문이다.

날이 밝자마자 운검은 영호준과 함께 하가장을 나섰다. 현정파의 주축이랄 수 있는 사패에서 안다면 눈에 불을 켜고 달려들 만한 사실을 함구한 채 위남을 떠나갈 심산이었다.

관도로 막 들어서려는 찰나 앞서 걷고 있던 운검이 걸음을 멈춰 세웠다.

화사한 화복을 걸치고 있는 여인.

간밤 살기를 번뜩이며 달려들었던 하가장주의 부인이다.

그녀가 운검을 보자마자 천천히 대례를 올렸다.

천사심공(天邪心功) 97

"은공, 간밤에는 제대로 인사조차 하지 못했습니다. 부디 떠나시기 전에 제 절이나 한번 받고 가주세요."

"과합니다."

역시 허리를 절반쯤 숙여 반례해 보인 운검이 미소부에게 담담하게 웃어 보이며 말했다.

"부인, 전날의 나쁜 기억 같은 건 모두 잊고 남은 여생을 무탈하게 보내시길 빌겠소이다."

"은공의 배려… 결코 잊지 않겠습니다."

"은공은 무슨!"

입가에 얼핏 쓸쓸한 미소를 보인 운검이 다시 미소부에게 고개를 끄덕여 보이고 천천히 걸음을 옮겼다. 더 이상 그녀와 볼일이 남지 않았다는 태도다.

영호준이 미소부를 힐끔거리며 훔쳐보다 황급히 그의 뒤를 좇았다. 마치 미소부를 훔쳐봤던 것을 운검에게 들키기라도 한 것처럼 얼굴이 잔뜩 붉어져 있었다.

사락!

운검과 영호준이 시야에서 완전히 벗어나고서야 미소부는 대례를 풀고 자리에서 일어섰다. 그녀의 시선이 모호한 빛을 담은 채 운검이 떠나간 관도 쪽을 향한다.

'역시 저분이 내게 펼친 건 천사심공이 틀림없다! 그런데 어떻게 화산파의 무공 또한 펼칠 수 있단 말인가?

미소부가 익힌 삼대절기.

혈빙투안섭혼공과 은형잠둔술, 그리고 혈빙지.

그것은 천하마도의 정점에 올랐다고 해도 과언이 아닌 구마련에서도 결코 하위의 마공이 아니었다. 적어도 당주 급 이상의 상급고수만이 익힐 수 있는 빼어난 절기였다.

당연히 미소부의 신분이나 무림에서의 위치는 결코 낮지 않았다.

빙나찰(氷羅刹) 냉요란.

한때는 사해구주의 정파 인사들을 벌벌 떨게 했던 존재다.

그런데 그런 그녀가 겉으로 보기에 기껏해야 이십대 중반밖엔 안 되어 보이는 운검에게 처참하게 깨졌다. 아예 상대조차 되지 못했고 저항할 엄두조차 내지 못했다.

당연하다.

그녀가 자신하던 삼대절기는 운검 앞에서 전혀 힘을 발휘하지 못했고, 그에게서 뿜어져 나오는 마정의 기운에 전의마저 깨끗하게 상실하고 말았다.

합리적인 의심이 들지 않을 수 없다.

특히 과거 구마련주를 지척에서 모신 일이 있는 냉요란이고 보면 더욱 그러하다.

'이건 위험을 무릅쓰고서라도 반드시 확인해 봐야 할 사항이다. 대공녀님께 알려야만 해!'

냉요란의 두 눈에 결의에 찬 기운이 넘실거렸다.

관도에 들어서자마자 운검의 뒤를 묵묵히 따르고 있던 영호준이 갑자기 그의 앞을 가로막아 섰다.

양팔을 활짝 벌리고 선 모습.

준수한 얼굴을 잔뜩 붉히고 있는 영호준의 얼굴은 지나치다 싶을 정도로 딱딱하게 굳어 있었다.

픽!

입가에 흐릿한 미소를 담은 운검이 영호준에게 말했다.

"관도는 넓어. 그 조그만 팔을 쫘악 펴고 있다고 해서 내 앞길을 가로막기란 그리 쉽지 않을 것 같은데?"

"……."

영호준의 얼굴이 더욱 붉어졌다. 운검의 말을 듣고 보니, 자신이 굉장히 바보 같은 짓을 하고 있다는 생각이 들었기 때문이다.

그래도 이미 내친걸음이다.

그는 입을 한일자로 꾸욱 앙다물더니, 갑자기 바닥에 털썩 엎드렸다. 오체투지를 하고 머리를 조아린 것이다.

"저는 바보 멍청이입니다! 또 강호의 경험이 부족하고 성미가 급해서 실수를 많이 합니다!"

"아니 다행이군. 그래서?"

"우우……."

운검의 단순명쾌한 반응에 영호준이 잠시 입술을 크게 비죽거렸다. 비록 스스로 한 말이긴 하나 대놓고 바보 멍청이가 맞다는 대답을 듣고 보니 기분이 크게 상한다.

따악!

운검이 영호준의 머리에 꿀밤을 줬다. 그의 속상해하는 모습에 대한 대답이었다.

"이 바보 같은 녀석! 네 잘못을 아직도 모르고 있는 거냐?"

"아, 아닙니다!"

"아니라고?"

고개를 살짝 옆으로 뉘어 보인 운검이 다소 차가워진 표정으로 말했다.

"그럼 무엇을 잘못했는지 말해보거라!"

"그건… 그건……."

바로 대답을 하지 못하고 더듬거리는 영호준의 모습을 보고 운검이 천천히 걸음을 옮겼다. 바닥에 엎드려 있는 영호준을 놔둔 채 관도를 걷기 시작한 것이다.

덥석!

마음이 다급해진 영호준이 운검의 바짓가랑이를 붙잡고 늘어졌다.

"어딜 가시는 겁니까아!"

"놔라."

"싫습니다아! 싫어요오!"

"……."

천사심공(天邪心功) 101

운검이 두 눈에 눈물까지 그렁그렁해진 채 바짓가랑이를 잡아당기는 영호준의 행동에 입을 다물었다.

다른 때 다른 사람이었다면 지체없이 발로 확 걷어차 버렸으리라!

분명 그랬을 터다.

그런데 지금 운검은 그리하지 못했다. 영호준의 붉은 얼굴에서 전혀 이면을 읽을 수 없었기 때문이다. 한숨과 함께 그가 말했다.

"바지 벗겨지겠다."

"흑흑… 흑흑……."

"안 갈 테니 그만 잡아당기라고 말하는 거다."

"아!"

영호준이 그제야 운검의 바짓가랑이에서 손을 떼고는 더듬거리며 말했다.

"부디 제게 가르침을 내려주십시오!"

"무얼 잘못한 건지에 대한 대답이 아직 없었는데?"

"그, 그건……."

다시 말을 더듬거린 영호준이 두 눈에 가득 담긴 눈물을 소매로 훔치곤 기운차게 대답했다.

"저는 아직도 그걸 잘 모르겠습니다! 그러니 그걸 제게 가르쳐 주십시오!"

"뭐?"

"절 제자로 받아주세요! 제발요!"

영호준이 두 눈을 감은 채 버럭 소리치곤 운검을 향해 재빨리 절을 올리기 시작했다.

한 번, 두 번, 세 번…….

그냥 놔두면 제멋대로 구배지례를 몽땅 올려 버릴 것 같다. 딱 그 같은 기세다.

그런데 이상한 건 운검의 태도다.

그는 잠시 황당한 표정을 지어 보이더니, 픽 하고 다시 입술 새로 웃음을 흘렸다. 굳이 영호준이 구배지례를 올리는 걸 막지 않은 것이다.

'무림을 떠나는 판국에 제자라니… 정말 웃기는 일이 아닌가 말야…….'

내심 중얼거린 운검이 영호준의 구배지례가 끝나자 다시 천천히 걸음을 옮기기 시작했다.

그러자 제멋대로 구배지례를 끝낸 영호준이 놀란 표정을 짓더니 얼른 소리 높여 외쳤다.

"사부! 어디 가는 거예요?"

"사부는 무슨……."

운검이 영호준 쪽은 쳐다도 보지 않고 툭 하니 한마디를 내뱉었다. 걸음을 멈출 생각 따윈 전혀 없어 보인다.

"아! 아아앗!"

영호준이 그런 운검의 뒤를 좇아 역시 황급히 걸음을 옮

천사심공(天邪心功) 103

졌다.

처음에 봤을 때처럼 반짝거리는 두 눈.

영호준의 입가에는 언제 울었냐는 듯 싱글벙글한 웃음이 잔뜩 매달려 있었다.

第四章

천하사패(天下四覇)
하늘 아래 네 방향, 사패가 하늘을 떨어 울린다!

華山
劍宗

화산.

운검이 화산을 떠난 지 사흘 만에 남봉에 오른 운양 진인은 곧장 수제자인 곽철원을 찾았다.

지난 삼 년간.

운양 진인은 수차례도 더 남봉의 태화동천을 찾았다. 수제자인 곽철원의 무공 성취를 살피고 사기를 진작시키기 위함이었다. 이번 방문이 그리 생뚱맞은 건 아니었다. 어쨌거나 곽철원은 현 화산파의 미래니까 말이다.

태화동천.

곽철원과 마주한 운양 진인이 중후한 얼굴에 가벼운 경련을 일으키고 있었다.

그는 방금 전 곽철원에게 운검과의 비무에 대한 얘기를 하나도 빠짐없이 전해 들었다. 내심 기가 막히고 일시 말문이 막히는 걸 느끼지 않을 도리가 없었다.

"…지금, 그 말을 내게 믿으라고 하는 것이냐?"

곽철원이 얼굴 가득 송구스런 기색을 드러낸 채 고개를 주억거렸다.

"제자, 어찌 감히 사부님께 거짓을 고할 수 있겠습니까? 방금 전에 올린 말은 모두 진실입니다!"

"하지만 어찌 그런 일이! 운검 사제는 분명히 내공을 완전히 상실한 상태였거늘. 내 몇 번이나 확인하고 또 확인했던 사실이거늘."

"소사숙은 제자와 비무할 때 전혀 내공을 사용하지 않으셨습니다. 사부님께서는 소사숙을 결코 잘못 보신 게 아닙니다."

"뭐라!"

운양 진인이 노성에 가까운 경호성을 터뜨렸다. 그만큼 곽철원이 한 말이 충격적이었기 때문이다.

곽철원이 그 같은 운양 진인의 마음을 모를 리 없다.

그는 운양 진인의 들끓는 노화가 조금이나마 가라앉기를 기다려 얼른 고했다.

"사부님, 사실 삼 년 전에도 제자는 소사숙을 이기지 못했습니다. 겉으로 보인 것과 비무의 결과는 완전히 다른 것이었습니다."

"그걸 어째서 이제야 고하는 것이더냐?"

"납득할 수 없었기 때문입니다. 당시에도 소사숙에게선 전혀 내공의 기운이 느껴지지 않았습니다. 그런데도 저는 단숨에 소사숙에게 선수를 빼앗겨서 패배를 당했습니다. 당시엔 그걸 단순히 제자의 성급하고 오만한 마음이 부른 실수라 생각했습니다. 그랬기에……."

"그랬기에 운검 사제와의 비무 결과를 속였다는 것이더냐?"

"그뿐 아니라 소사숙의 명이 있었습니다."

"명? 무슨 명!"

"소사숙은 이번 비무의 결과를 결코 누구에게도 발설하지 말라 하셨습니다. 어차피 제자가 말해봤자 누구도 믿지 않을 거라시면서 제자를 압박하셨습니다."

"……."

운양 진인은 입을 굳게 다물었다.

당했다!

문득 뇌리를 스쳐 가는 생각이다.

내공을 완전히 소실한 것만 믿고 방치해 뒀던 운검을 제 마음대로 날아가게 내버려 뒀음에 마음 한구석이 내려앉는다.

누구보다도 사부 현명 진인이 총애했던 운검의 천부적인 무공 재질에 대해 잘 알고 있는 게 그였기 때문이다.

'운검, 이노옴! 본래 나의 것이었을 화천단까지 빼앗아 먹고서 완성한 자하신공을 완전히 잃어버린 주제에 새로운 무학의 신 영역을 개척했다는 것이더냐? 정녕 그러하더냐!'

분하다.

가슴 한 켠을 치는 분노와 노여움에 운양 진인은 일순 얼굴을 크게 일그러뜨렸다. 두 주먹 역시 꽈악 쥔 채 부르르 떨어 보였다.

그러다 문득 깨달은 사실 하나.

그는 얼른 마음을 가다듬고서 곽철원에게 말했다.

"구결은! 심득은 전해 받았더냐!"

"예? 그게 무슨……."

"자하구벽검의 구결과 심득을 운검 사제에게 전수받지 않았는지 묻고 있는 것이니라!"

"아!"

곽철원은 거의 자신의 먹살을 쥐고 흔들 듯 흥분한 운양 진인의 외침을 듣고서야 문득 깨닫는 바가 있었다. 운검에게 연속적으로 깨진 후 전해 들었던 몇 가지 구결과 가르침의 가치를 비로소 눈치 챈 것이다.

평소였다면 운양 진인의 수양으로 곽철원의 이 같은 심경 변화를 눈치 채지 못했을 리 없다. 분명히 이상한 점이 있음을 깨달았을 터다.

그러나 그는 지금 매우 흥분해 있었다.

평소와 같은 청정한 심사를 유지하지 못했다.

얼른 신색을 평소처럼 일신한 곽철원이 천천히 고개를 가로저어 보였다.

"사부님, 소사숙께 제자가 전해 받은 건 아무것도 없습니다."

"정녕 그게 사실이냐?"

"어찌 제자가 사부님 앞에서 거짓을 고하겠습니까? 제자는 소사숙과 몇 차례 비무를 했을 뿐, 어떠한 구결이나 심득도 전해 받지 못했습니다."

"이, 이런……."

운양 진인이 망연자실한 표정이 되었다.

평생의 염원.

자하구벽검에 대한 모든 꿈이 헛되이 사라져 버린 때문이다.

'사부님, 죄송합니다. 하지만 운검 소사숙에게 전해 받은 자하구벽검의 구결과 심득은 제가 본가로 돌아가기 위해 반드시 필요한 것입니다. 그러니 사부님께 드릴 순 없습니다.'

곽철원이 운양 진인을 향해 내심 용서를 구했다.

남패(南覇) 무적곽가.

당금 천하를 호령하는 사패 중 하나가 바로 곽철원의 본가였다. 그는 화산파를 떠나 다시 자신의 가문으로 돌아갈 수 있게 되었다는 생각에 내심 두 눈을 빛냈다.

검은 야심.

아주 오래전 무적곽가를 떠나오며 완전히 끊어버렸다고 생각했던 연이 갑자기 이어졌다. 그는 다시는 이번에 거머쥔 끈을 놓지 않겠다고 마음먹었다.

다음날.

새벽 먼동이 채 밝기도 전에 옥천궁에서 한 명의 노도와 일곱 명의 중년 도사들이 대문을 뒤로하고 나섰다.

화산파의 양대장로 중 한 명인 비선검(飛仙劍) 운유 도장과 일대제자 중 고수라 할 수 있는 매화칠검수(梅花七劍手)!

현 화산파의 전력 중 핵심이라 할 수 있는 이들이 한꺼번에 길을 나섰다.

결코 예사로운 일이라 할 수 없다. 이 정도의 전력이 한꺼번에 옥천궁을 빠져나간 건 오 년 전 구마련과의 최종 혈전 이후 처음이었기 때문이다.

'설마하니 이렇게 빨리 화산파를 떠나 본가를 찾아갈 수 있는 기회가 생길 줄이야……'

운유 도장의 뒤를 좇는 매화칠검수의 수장 곽철원이 내심 눈을 빛내며 입가에 흐릿한 미소를 매달았다.

운검에게 전해 받은 구결과 심득이 자하구벽검과 관련있

다는 걸 깨달은 이후 그에게 화산파는 더 이상 의미가 없었다. 미련 같은 건 전혀 남아 있지 않았다.

게다가 또 한 가지!

곽철원은 운유 도장과 자신을 비롯한 매화칠검수가 운검을 제압한다는 것에 깊은 회의와 반감을 느꼈다. 몇 차례나 전력으로 달려들었어도 일초지적이 되지 못했던 운검에 대한 외경심의 발로였다.

그러니 그에게 운검의 추격에 대한 의지가 있을 리 만무했다.

어떻게든 철저하게 방해하겠다!

굳게 다짐을 한 그는 운유 도장과 사형제들을 자신의 가문인 무적곽가로 데려갈 결심을 굳혔다. 거기에 방해되는 어떤 것도 용납할 마음은 없었다.

*   *   *

천하사방(天下四方)!
사패진천(四覇振天)!
하늘 아래 네 방향, 사패가 하늘을 떨어 울린다!

오 년 전 구마련의 패퇴 이후 현 무림을 일컫는 데 빠지지 않고 들어가는 말이다.

천하사패(天下四覇) 113

지난 수백 년간 정파무림을 영도해 왔던 구대문파의 쇠락과 구마련을 중심으로 모였던 마도무림의 멸절을 상징적으로 보여주는 어구이기도 하다.

산동성 제남(齊南)의 동패(東覇) 산동악가, 섬서성 서안(西安)의 서패(西覇) 북궁세가, 호남성 장사(長沙)의 남패(南覇) 무적곽가, 산서성 태원(太原)의 북패(北覇) 신창양가…….

각기 수백 년의 세월을 이겨낸 사패는 명문세가이며, 각기 한 가지씩의 병기로 독보적인 무공을 완성하였다. 절대적인 무위로써 당금 무림 위에 군림하고 있는 것이다.

그런 사패 중 한 곳.

서패 북궁세가의 가주전.

백호피 한 마리가 통째로 얹혀져 있는 태사의에 듬직한 몸을 파묻고 앉아 있는 네모 반듯한 호안의 장년인이 있다.

북궁세가의 현 가주인 서방도신(西方刀神) 북궁한경.

현 무림에서 도(刀)로써 어느 누구도 그의 앞에 자신의 이름을 올릴 수 없다고 알려진 절대자다.

그런 그의 앞에는 언젠가부터 한 명의 백의문사가 부복해 있었다. 서패 북궁세가의 총관이자 지낭이라 불리는 소리장도(笑裏藏刀) 유성월이다.

북궁한경이 유성월을 지그시 응시하다 질문을 던졌다.

"유 총관, 화산에서 전서가 날아들었다고?"

유성월이 살짝 고개를 들어 올렸다가 얼른 시선을 아래로 향한 채 대답했다.

"그렇습니다, 가주님."

"자하구벽검의 주인이 누구인지 드디어 밝혀진 것일 테지?"

"그런 것 같긴 합니다만……."

"그런 것 같긴 하다?"

일순 북궁한경의 두 눈에서 번갯불 같은 안광이 쏟아져 나왔다. 천하의 어떤 인물이라도 두려움을 느낄 만한 패도다.

그러나 유성월은 이 같은 북궁한경의 기운을 접한 지 제법 오래되었다. 이 정도의 기세에 두려움을 느끼진 않는다.

잠시 침을 삼키며 북궁한경이 패도를 거두길 기다린 유성월이 얼른 자신의 소견을 피력했다.

"전날 본 가를 비롯한 천하사패와 구대문파가 구마련을 합공할 당시 자하구벽검은 최초로 세상에 모습을 드러냈습니다."

"그랬었지."

"당시 가주님과 다른 사패주들은 구천마제 위극양을 합공하다가 놓쳤습니다. 그가 생각 이상으로 강했고, 휘하의 마종들이 전력으로 퇴로를 열었기 때문입니다."

"그래. 그리고 나중에 위극양은 목에 검이 꽂힌 채 발견되었다. 매화검이."

"그렇습니다. 그 후 모든 정황을 살펴본 결과 위극양을 죽인 직접적인 사인인 매화검의 주인은 화산파의 전설이라 할 수 있는 자하구벽검을 익힌 게 분명했습니다. 그 외엔 위극양의 갑작스런 죽음을 설명할 어떠한 것도 발견할 수 없었으니까요."

"그래서 나는 유 총관의 제안에 따라 그동안 화산파에 몇 명이나 되는 본 가의 제자들을 잠입시켰다. 자하구벽검의 소유자가 만약 실존한다면 후일 본 가의 천하제패에 가장 큰 장애물이 될 것이란 자네의 판단을 존중해서였어. 그런데 오 년이 지난 지금, 자네는 그런 것 같긴 하다란 두루뭉술한 말이나 하고 있으니, 도대체 어찌 된 일인가?"

북궁한경의 말은 신랄했다. 평소처럼 패도를 일으켜서 사람을 압박한다거나 하지 않았음에도 유성월은 슬그머니 등어림에서 식은땀이 솟는 걸 느꼈다.

'가주님은 오히려 패도를 동반하지 않았을 때 더 무서우셨지……'

내심 북궁한경에 대해 염두를 굴린 유성월이 얼른 고했다.

"화산파 내에서 신임을 받고 있는 본 가의 제자가 보낸 전서에 적혀 있기로 얼마 전 운 자 항렬 중 한 명이 옥천궁을 떠났다고 합니다. 그런데 기이한 건 그 운 자 항렬이 오 년 전 벌어진 구마련과의 대혈전 이후 화산 부근을 단 한 번도 떠난 적이 없는 무명인이란 겁니다. 화산파 내부에서도 그저 운 자 항렬이라고만 알려졌을 뿐 자세한 내력을 파악하고 있는 자가 극히 드물다고 하더군요. 거기에 대해 자세히 말하려는 자도 없고 말입니다. 정말 이상한 일이 아닙니까?"

"유 총관의 뜻은?"

"화산파의 운 자 항렬이라면 현 장문인인 운양 진인과 동배입니다. 그 신분이 결코 낮지 않습니다. 그런 자가 무명인이라는 건 필경 이상한 일입니다. 게다가 더욱 기이한 사실은 그자가 떠나고 며칠 되지 않아서 비선검 운유 도장과 매화칠검수가 황급히 옥천궁을 나섰다는 겁니다."

"추격대로군. 그것도 오 년 전의 혈전 이후 크게 세력이 위축된 화산파로선 상당한 출혈을 각오한 전력이고 말야. 그렇다면 역시 그자가 바로 자하구벽검의 소유자일 수 있겠군?"

"그렇진 않습니다."

"그렇지 않다?"

"예. 제 짧은 소견으로 볼 때 만약 화산파에서 자하구벽검의 소유자가 존재했다면, 결코 구대문파의 말석으로 밀려나는 수모를 참진 않았을 거라 사료됩니다. 그리고 또 한 가지. 만약 그자가 자하구벽검의 소유자라면 어찌 비선검 운유 도장과 매화칠검수 정도로 붙잡아들일 수 있겠습니까?"

"그도 그렇군."

유성월의 말에 고개를 끄덕여 긍정의 뜻을 표한 북궁한경이 손가락으로 턱밑을 슬슬 쓰다듬었다. 뭔가 고심에 빠졌을 때 보이곤 하는 모습이다.

유성월이 잠시 뜸을 들인 후 다시 고했다.

"그래서 제가 생각하기로 자하구벽검의 소유자는 화산파의 전대 고수이고, 현재 종적이 묘연한 상태가 아닐까 사료됩니다. 그렇지 않고서야 어찌 화산파가 굴욕을 참으면서 자신들의 영역 중 대부분을 본 가에게 넘겨줬겠습니까?"

"그럼 이번에 본 가는 나설 필요가 없다는 뜻인가?"

"그렇진 않습니다. 만에 하나 제 예상이 틀렸을 수도 있으니, 반드시 본 가의 고수를 파견해서 그자의 뒤를 쫓아야만 할 것입니다."

"흐음, 그래? 유 총관은 누가 적당하다고 보는가?"

"삼공자님이 근래 들어 폐관수련을 끝마치고 출관하셨다고 들었습니다."

"셋째? 그 심약한 녀석 가지곤 어렵지 않겠나?"

"강호는 거친 곳입니다. 삼공자님께서 이번 기회에 강호의 풍파를 조금이나마 경험하실 수 있다면 그 빼어난 오성에 걸맞은 강인함을 겸비하실 수 있으리라고 봅니다."

"그 녀석의 오성이 확실히 아깝기는 한데……."

북궁한경이 나직이 말끝을 흐리며 사자와 같은 눈을 가볍게 찌푸려 보였다.

그는 슬하에 오남일녀를 두고 있었다.

하나같이 범과 같고 용과 같은 자식들로서 북궁세가의 자랑이며 미래라 할 수 있었다.

단 한 명!

북궁한경의 마음에 차지 않는 자식이 있었다.

셋째 아들인 북궁휘다.

그는 태어날 때부터 다른 자식들과 달리 몸이 허약하고 기골이 왜소했던 터라 무공이 느는 게 참 더뎠다. 거의 늘지 않는 것과 마찬가지였다.

온갖 영약과 강력한 비전지학!

모든 것을 갖추고 있는 북궁세가의 환경을 고려하면 참으로 안타깝고 실망스런 결과라 아니 할 수 없었다.

그래서 비록 북궁휘가 빼어난 오성으로 금기서화(琴棋書畵)에 능하긴 하나 북궁한경은 그가 마음에 들지 않았다. 무가 중의 무가인 북궁세가의 후손이 금기서화 따위나 잘해봤자 아무런 도움이 되지 않는다고 생각했다.

'확실히 강호는 험한 곳이다. 쓸데없는 문사 나부랭이 놀음에 빠져 있는 셋째 녀석을 강인하게 단련시키는 데는 큰 도움이 될 수도 있을 것이다. 게다가 그 녀석, 다른 건 몰라도 머리 쓰는 재주 하나는 타고난 데다 무공 역시 본 가의 적손만 아니라면 제법 쓸 만한 정도니까 큰 위험은 없을 것이야.'

결론은 금방 내려졌다.

모두 북궁한경의 오른팔이자 북궁세가의 이인자라 할 수 있는 총관 유성월의 뜻대로였다.

"유 총관이 알아서 하게."

"예."

평소처럼 간단한 북궁한경의 명에 얼른 복명한 유성월이 부복을 풀고 일어서며 문득 입가에 흐릿한 미소를 매달았다.

'삼공자는 머리가 지나칠 정도로 좋아. 그동안은 무공 수련 때문에 북궁세가의 일에 심력을 쏟을 시간이 없었지만, 이제 폐관을 끝마쳤으니 의외의 심복지환이 될 수도 있어. 그러니 이번에 적당히 사라져 주는 것이 좋을 것이다.'

북궁한경이 이같이 흉험한 내심을 혹시라도 눈치 챌 것을 걱정한 것일까?

가주전을 빠져나가는 유성월의 시선은 바닥을 향하고 있었다.

사흘 후.

백면의 미청년과 십여 명의 무사들이 북궁세가의 큼지막한 대문을 등 뒤로 하고 강호로 나섰다.

등에 짊어진 사 척의 대도.

바람만 불어도 날아갈 듯 호리호리한 몸매와 지나칠 정도로 어울리지 않는다. 누가 보더라도 청년이 자신의 주제 파악도 못한다고 혀를 찰 듯한 모습이다.

서패 북궁세가의 삼공자 북궁휘.

가문의 기대와는 달리 무골과는 거리가 먼 약골인데다 금기서화를 좋아하는 이단아이다.

그는 북궁세가를 나서 몇 걸음을 옮기다 말고 시선을 뒤로 던졌다.

뭔가 미련이 남는 듯한 모습.

그의 호위를 맡은 북풍단(北風團) 부단주인 추풍광도(追風光刀) 염무극이 재촉하듯 말했다.

"삼공자님, 가주님께서 내린 명령이 지엄합니다. 오늘 중으로 서안을 벗어나야만 할 것입니다."

"……."

북궁휘는 염무극의 재촉에도 여전히 시선을 북궁세가의 대문에서 떼어내지 않았다. 대답 역시 없다.

꿈틀.

전형적인 무인의 얼굴을 한 염무극의 인상이 슬며시 구겨졌다. 자신의 절반밖에 되지 않는 나이의 북궁휘에게 무시를 당했다는 생각이 들었기 때문이다.

'애송이가! 혈통만 믿고서 까불고 있구나!'

그때 북궁휘가 염무극의 불경스런 내심을 읽기라도 한 듯 아쉬움이 남은 시선을 천천히 거둬들였다. 그래도 입가에 가벼운 한숨 하나가 남아 있다.

"염 부단주, 가시지요. 어쩐지 이번에 집을 떠나면 다신 돌아오지 못할 것 같아서 조금 시간을 끌었습니다."

"예? 그게 무슨……."

"아니에요. 그냥 혼잣말이고 푸념이니 신경 쓰지 마세요."

"……."

북궁휘가 가볍게 손사래를 치자 염무극의 안색이 다시 나빠졌다.

생긴 모습답게 무인으로 한평생을 살아온 그로선 북궁휘의 이같이 딱 부러지지 못한 모습조차 불만스러웠다. 속이 무척 답답한 것이다.

그래도 북궁휘는 명목상이나마 상관이다.

북궁세가의 순혈을 잇고 있었다.

염무극은 얼른 불만을 속으로 삭이고 수하들에게 손짓해서 움직임을 독려했다.

'다신 돌아오지 못할 것 같다고? 머리는 좋다고 하더니 과연 제 운명을 잘도 알고 있구나!'

염무극의 뇌리로 며칠 전 자신을 찾아왔던 총관 유성월이 내린 밀명 하나가 스쳐 지나갔다. 그리고 그가 내건 달콤한 조건도 함께.

평생 단 한 번밖엔 잡지 못할지도 모를 대기회!

재수 좋게도 그에게 주어졌다.

결코 놓칠 생각은 없었다. 꽈악 잡을 작정이었다. 그게 설혹 썩은 동아줄일지라도 포기하고 싶진 않았다.

그날.

북궁휘는 서안을 떠나는 동안에도 몇 차례나 고개를 뒤로 돌렸다. 염무극이 그때마다 인상을 북북 긁어대며 길을 재촉했음은 물론이었다.

                    *   *   *

 천산(天山).
 희미한 야명주의 불빛을 배경 삼아 그림같이 좌정해 있는 여인의 새하얀 손 위에 전서구 한 마리가 내려앉아 있다. 가느다란 다리에 동그란 전통 하나가 달려져 있는 걸 보면 매우 잘 훈련된 놈이 분명하다.
 파닥!
 갑자기 전서구가 한차례 몸을 크게 떨어 보였다. 무언가에 강력한 압박이라도 받은 것 같다.
 하지만 그것도 잠시뿐, 전서구는 곧 버둥거림을 멈추고 얌전해졌다. 죽어버린 것이다.
 새하얀 소수(素手).
 전서구가 앉아 있던 곳에서 순간적으로 일어난 압력!
 그것이 수천 리를 한 번의 쉼도 없이 날아온 전서구의 목숨을 거둬간 원인이다.
 휘익!
 곧 싸늘하게 식어버린 전서구가 아무렇게나 내던져졌다. 마치 물건이나 다름없다.
 대신 소수가 집어 든 건 전통에서 꺼낸 하나의 서신이다.

암호문.

서신 안의 내용은 구마련의 극소수 요직에 위치해 있던 자가 아니라면 천하의 어떤 재사나 천재라 해도 파악이 불가능하다. 그렇게 이루어져 있었다.

오 년 전의 대혈전.

그 후 지하로 숨어들어 간 구마련의 실상을 보여주는 모습이다.

소수의 주인.

더할 나위 없는 미모에 마력적인 눈빛을 지닌 여인은 그 같은 위치에 있었다. 그것도 현 구마련의 잔존 세력들 중엔 우두머리라 할 만하다.

그런 그녀가 별빛처럼 아름답고 한빙처럼 차가운 눈빛으로 암호문으로 된 서신을 읽어 내려갔다.

구마련이 지하로 숨어든 후 완전히 끊어버렸던 비맥(秘脈)으로부터 날아든 서신이다.

비록 천하에 관심을 갖는 게 극히 적은 그녀라 하나 호기심을 느끼지 않을 수 없다.

"천사심공의 재현? 어찌 그런 일이 있을 수가 있지? 천사심공은 오직 오라버니만이 익히고 있었던 것인데……."

소수여제(素手女帝) 위소소.

여인의 이름이다.

그녀는 전 구마련주이자 천하제일마라 불리던 구천마제(九

天魔帝) 위극양의 단 하나밖에 없는 혈육이다. 친여동생이며 현 구마련 잔존 세력들이 추대한 대공녀였다.

한때 아홉이었으나 구천마제 위극양이 죽은 대혈전 이후 넷으로 줄어든 사대마종이 그녀의 공동 사부이자 후견인이었다. 실질적인 무공만으로 따지자면 천하사패의 수장들이라 해도 함부로 경시 못할 만하다.

당연히 그녀의 성정은 꽤나 오만했다.

태어날 때부터 범상치 않은 재질과 신분을 지닌 데다가 줄곧 누군가에게 떠받들여져서 성장했다. 그런 성정을 지니지 않는 것이 오히려 이상할 만하다.

그런 그녀가 지금 얼굴 가득 의혹의 기색을 담고 있었다. 비맥으로부터 날아든 서신을 펼쳐 들 때의 호기심 같은 게 아니라 뭔가 기이한 열기마저 담겨져 있는 표정이다.

이유는 단 하나다.

오빠 구천마제 위극양만이 알고 있던 비전마공의 자취가 세상에 다시 모습을 드러냈다는 사실을 쉽사리 받아들일 수 없어서였다.

그러나 비맥으로부터 전해진 소식은 결코 쉽사리 무시할 만한 성질의 것이 아니다. 구마련이 다시 세상에 당당하게 모습을 드러내기 전까진 죽는 순간까지 침묵해야만 한다는 규율조차 깨고 날아든 것이기 때문이다.

잠시의 시간이 그렇게 물처럼 흘러갔다.

암흑의 공간을 홀로 서성거리고 있던 위소소가 갑자기 밖을 향해 서늘하게 말했다.

"사검(死劍)! 이만 폐관을 끝내도록 하겠다. 곧바로 천종 사부를 보러 갈 테니 문을 열도록 해!"

"존명!"

어둠의 밖에서 음산한 복명이 흘러나왔다.

한 식경 전.

소수현마경(素手玄魔境)이란 마공의 대성을 위해 폐관수련을 하고 있던 위소소에게 전서구를 전달한 자의 대답이었다.

천종각(天宗閣).

사대마종은 각각 자신의 이름을 본딴 전각을 지니고 있다.

그중 천종각은 사대마종의 좌장인 천종독심(天宗毒心) 가극염의 전각이었다.

위소소는 폐관동을 나서 곧바로 천종각에 도착해 가극염과 마주했다. 그녀의 호위무사인 사검은 감히 천종각에 들지 못하고 밖에서 대기하고 있었다.

위소소가 백발흑염을 한 초로의 가극염을 잠시 추수처럼 아름다운 눈으로 바라보다 말했다.

"천종 사부, 밖으로 잠시 외유를 나갔다 와야 할 것 같아요."

"아직 대공녀는 소수현마경을 대성치 못한 줄로 아오만?"

"구성의 경지에 이르렀어요. 그 정도만 해도 제 한 몸은 충분히 지킬 수 있을 거라고 생각되는데… 아닌가요?"

"대공녀는 충분할 정도로 강하외다. 아마 순수한 무력으로만 따진다면 노부를 비롯한 사대마종이라 해도 대공녀를 결코 경시하진 못할 것이오. 하지만……."

"하지만 아직 천하사패의 주인들을 이길 수는 없다는 거겠지요? 저 역시 그 정도는 알고 있어요."

"그런데도 굳이 폐관수련을 중단하고 외유를 나가겠다는 건 어떤 이유인지 물어봐도 되겠소이까?"

"그건……."

잠시 말끝을 흐린 위소소가 가극염의 면전으로 수중의 전서를 튕겨냈다.

피잉!

내력이 담긴 채 탄지된 전서가 가극염의 면전으로 쏜살같이 날아갔다.

칼날이나 다름없는 기경이 담겼다.

만약 그냥 내버려 둔다면 나약한 인체 따윈 단숨에 무 썰리듯 할 것 같다.

다행이랄까?

기경이 실린 전서는 가극염의 면전 바로 앞에서 속도를 떨어뜨렸다. 그의 전신에 자연스레 머물러 있던 끈적거리는 호신기막에 걸려든 때문이다.

스륵!

 전서가 모든 힘을 잃고 가극염의 손바닥 위로 떨어져 내렸다.

 얌전하기가 새색시 같다.

 '역시 천종 사부는 다른 세 분의 마종과는 비교가 되지 않는 무위를 지니고 있다! 소수현마경을 대성치 못한 지금의 나로선 아직 정면으론 승산이 없어!'

 위소소의 눈에 얼핏 이채가 스쳐 갔다. 극히 짧은 순간이었다. 아주 세밀한 관찰자라 해도 쉽사리 발견하지 못할 정도였다.

 손바닥 위로 떨어진 전서에 정신을 집중하고 있던 가극염 역시 마찬가지다.

 그는 재빨리 암호문으로 된 전서 안의 내용을 훑더니, 송충이같이 짙은 눈썹을 한차례 꿈틀거려 보였다.

 "천사심공이라니! 노부는 절대로 믿을 수 없소이다!"

 "이 정보가 전해진 건 비맥을 통해서예요. 최소한 확인해 볼 가치는 있을 거라고 생각하는데요?"

 "비맥? 아직까지도 그들이 활동하고 있었던 것이오?"

 "지난 오 년. 이번이 처음이에요."

 "흐음……."

 침음과 함께 가극염은 잠시 동안 침묵을 지켰다.

 비맥.

그들은 어찌 보면 구마련으로부터 버림받은 존재들이었다. 사패와 구대문파의 합공으로 인해 일패도지한 후 피눈물 나는 패퇴의 길을 걸어야만 했다. 뒤에 남겨진 자들까지 챙겨 줄 여력 같은 게 남아 있을 리 만무했다.

'적게 잡아 십 년을 내다봤다. 그전에는 결코 구마련을 다시 중원에 세울 수 없다고 봤어. 그런데 생각보다 빨리 기회를 잡을 때가 온 것인가? 하지만 이건 어쩌면 사패가 던진 미끼일 수도 있다. 그럴 가능성을 완전히 배제할 순 없어.'

가극염은 문득 청염한 미모를 자랑하고 있는 눈앞의 위소소를 훑어봤다.

완벽한 미모다.

소수현마경을 연마하느라 지나칠 정도로 안색이 창백한 걸 제외하면 천하의 어떤 사내라 해도 현혹시킬 수 있을 정도다.

그렇게끔 가극염을 비롯한 사대마종이 키우고 가꿨다.

현 천하를 사등분하고 있는 사패 간에 분란을 야기시키는 천하대란지계의 첫걸음으로 그녀를 택한 건 탁월한 판단이었다.

그런데 근래 들어 문제가 발생했다.

선천적으로 타고난 대마제의 피가 어디 가지 않는다.

위소소는 성장하는 동안 자신의 치명적일 정도의 미모와 구천마제 위극양과의 혈연을 자연스럽게 이용하기 시작했다. 구마련의 잔존 세력들을 회유하고 복속시켜서 자신에게 충성을 맹세하게 만들었다.

거기에는 사부이자 후견인인 사대마종 역시 포함되어 있었다.

'날 제외한 마종들 중 몇 명이나 저 요사스런 미모에 넘어가지 않았을까? 사패주들을 상대하기 위해 마련했던 칼날이 오히려 우리를 위협하게 될 줄이야!'

가극염은 내심 고개를 가로저었다.

소수현마경의 수련을 이유 삼아 위소소를 폐관수련에 들어가게 만든 장본인으로서 묘한 회한을 느끼지 않을 수 없었다. 그러나 그건 어디까지나 과거의 일이다.

천사심공!

구천마제 위극양에게 천하제일마란 칭호를 얻게 만든 희세의 마공이다. 그 위력은 특히 마공을 연마한 마인들에게 절대적인 만큼, 만약 현세에 그것이 다시 모습을 드러낸 게 사실이라면 결코 포기할 수 없는 사안이었다.

'그건 대공녀 역시 마찬가지일 테지. 그러기에 소수현마경의 수련마저 중단하고 폐관동을 나온 것일 테고. 그건… 그것대로 그리 나쁘지 않아. 그녀를 중원으로 외유를 보낸 후에 내부를 정리할 수도 있을 테니까.'

내심 염두를 굴린 가극염이 무겁게 고개를 끄덕여 보였다.

"사패가 장악하고 있는 중원은 위험한 곳이오. 하지만 천사심공의 출현을 알고서도 대공녀를 붙잡을 순 없겠구려."

"허락인가요?"

"대공녀에게 지원해 줄 건 그리 많지 않소이다."

"사검 한 사람이면 족해요. 아무래도 꽤 긴 여행이 될 것 같으니, 시중들어 줄 사람이 한 명 정도는 필요할 테니까요."

"사검은 살기가 지나치게 짙은데……."

"오히려 잘됐죠. 이번 기회에 그 짙은 살기를 지워서 진정한 사신(死神)으로 성장할 수도 있을 테니까요."

"……."

가극염이 다시 고개를 끄덕여 보였다. 언제나와 마찬가지로 위소소는 자신이 하고 싶은 대로 반드시 하고야 만다. 예외란 없다.

* * *

위남을 떠난 지 보름쯤 되었을 때다.

불확실한 어린 시절의 기억에만 의지한 채 섬서성 이곳저곳을 살펴가고 있던 운검이 갑자기 관도 한복판에 대 자로 누웠다.

기다렸다는 듯 풀풀거리며 일어난 먼지.

재빨리 입을 다물어 먼지 먹는 걸 면한 운검이 유유자적하니 하늘을 떠다니고 있는 구름 한 점을 올려다봤다. 먼지가 가시니 그럭저럭 볼만한 광경이란 생각이 든다.

그때 몇 걸음 떨어져서 운검을 따르고 있던 영호준이 황당한 기색을 한 채 말했다.

"사부님, 갑자기 뭐 하시는 겁니까? 여긴 관도라서 갑자기 말이나 마차 같은 것도 지나다닌다구요."

"너… 아직도 안 갔냐?"

"제자가 사부님을 두고 가긴 어딜 갑니까!"

"사부 사부 하지 마라! 난 이제 스물다섯밖에 되지 않았다. 어떻게 벌써 너같이 다 큰 녀석을 제자로 받을 수 있겠냐?"

"사제지간에 나이 같은 건 별문제가 되지 않는다고 생각합니다. 제가 사부님으로 모시고 구배지례를 올렸으니, 죽을 때까지 모시고 따를 작정입니다!"

"……."

운검이 다시 입을 다물었다. 영호준에게 말하느라 아직 채 가라앉지 않았던 먼지가 한 움큼 들어갔다. 대번에 입 안이 텁텁해지는 게 기분이 썩 좋지 않다.

영호준이 얼른 운검에게 달려와 쪼그려 앉았다.

"사부님, 그만 일어나세요. 옷에 흙이 잔뜩 묻었잖아요."

"상관없다. 어차피 거지꼴이었는데, 여기에 더해 흙 좀 묻는 게 무에 큰일이겠냐."

"하지만……."

"그 녀석 참 말 많네. 사내 자식이 그리 계집애처럼 말이

헤퍼서 되겠냐?"

"이이……."

말문이 막힌 영호준이 대번에 안색을 붉혔다. 운검에게 계집애 같다란 말을 들은 게 꽤나 분한 듯하다.

운검은 개의치 않았다. 관심조차 두지 않고서 다시 시선을 하늘로 향했다.

'하늘과 땅 사이에 나 혼자 누워 있다라? 그리 기분 나쁘지 않은 기분인걸? 화산에서는 항상 마음의 긴장만 풀면 누군가의 상념이 머릿속에 흘러들어 와 이런 느긋한 기분 같은 건 아주 오랫동안 느껴보지 못했단 말씀이야. 응? 그러고 보니 저 쪼그만 녀석이 계속 내 뒤를 따라다녔었던가…….'

운검이 상념을 멈추고 여전히 부근에 쪼그려 앉아 있는 영호준을 바라봤다.

갑자기 뇌리를 스친 생각 하나.

영호준과 함께하는 동안 그의 상념 때문에 마음이 괴로웠던 적이 없다는 자각이다. 이런 일이 몇 번이나 있었나. 화산에서 보냈던 오 년간 단연코 단 한 번도 없었다.

'그렇다는 건 이 녀석과 내가 꽤나 상성이 맞다고 봐야 하는 건가? 흐음, 그리고 보니 그동안 내 박대를 있는 대로 받고도 싫어하는 표정 하나 지어 보이지 않았었지.'

운검은 영호준을 바라보며 눈살을 가볍게 찌푸려 보였다.

그의 속마음을 억지로 살피기 위해 정신을 집중한 것이다.

화산에 있었을 땐 단 한 번도 해본 적이 없는 일이다. 평상시에도 그럴 필요가 없을 정도로 무수히 많은 상념과 악념들이 머릿속을 어지럽혔기 때문이다.

당연하다고 해야 하려나?

운검의 이 같은 시도는 실패로 돌아갔다.

천사심공이 깃든 마정은 언제나 제멋대로 작용하곤 했다. 이제 와서 조금 심력을 기울인다고 해서 곧바로 운용할 수 있을 리 만무하다.

"후우!"

운검은 곧 영호준의 속마음을 읽으려는 시도를 포기했다. 입에서 자연스레 한숨이 흘러나온다.

영호준이 그 같은 운검의 모습을 보고 걱정스런 표정을 지어 보였다.

"사부님, 어디 편찮으세요?"

"배고파."

"예?"

"배가 고파서 꼼짝도 못하겠다. 냉큼 부근의 인가로 달려가서 식은 밥덩이라도 얻어오도록 해라."

"……."

영호준이 두 눈을 동그랗게 떴다. 어느새 다시 얼굴이 붉게 물들고 있다.

지난 한 달여간.

그에게 운검은 단 한 번도 지금처럼 명령을 내린 적이 없었다. 아예 존재조차 하지 않는 사람처럼 무시할 뿐이었다. 제멋대로 올린 구배지례를 인정하지 않는다는 뜻을 분명히 한 행동이었다.

당연히 지금 운검이 내린 명령은 영호준을 제자로 인정한다는 증표나 다름없었다. 그게 갑자기 영호준을 잔뜩 들뜨게 만든 원인이었다.

멍청한 표정을 한 채 감격에 몸을 떨고 있는 영호준에게 운검이 다시 소리쳤다.

"배고프다니까!"

영호준이 그제야 자신의 신색을 깨닫고 얼른 소리쳤다.

"사부님, 당장 구걸해 오겠습니다!"

"거지냐! 구걸을 하게?"

"예? 그럼……"

"그냥 네 잘생긴 얼굴을 이용해서 얻어오면 되는 거야. 웬만한 아줌마라면 네 녀석이 그저 한차례 미소를 던져 주는 것만으로도 밥을 내줄 게다."

"그, 그런……"

운검은 영호준의 얼굴이 다시 붉어지는 걸 보면서도 끝내 품속에서 돈을 꺼내지 않았다.

전날 불량배들한테서 거둔 은자가 어느새 딸랑거리고 있

었다. 쉽사리 사용할 순 없었다. 군입 하나가 더 생겼으니, 아낄 수 있을 때 아껴야만 하는 것이다.

결국 울상이 된 영호준이 신형을 돌렸다. 방금 운검에게 제자로 인정을 받았다. 그가 내린 첫 번째 명령부터 거역을 할 순 없었다.

한데, 그렇게 그가 막 인가를 향해 달려가려 할 때였다.

스윽!

여전히 하늘을 바라보며 관도 위에 네활개를 치고 있던 운검이 갑자기 허리의 반동을 이용해 신형을 일으켰다.

그리고 곧바로 발끝에 힘을 주고 힘껏 박차자 어느새 영호준을 가로질러 서 있다.

"사… 부님?"

"쉿!"

손가락 하나를 입술에 갖다 댄 운검이 재빨리 영호준의 옷자락을 잡아끌며 관도의 한 켠으로 향했다.

반짝이는 두 눈.

뭔가를 확실하게 노리고 있음이 분명하다.

第五章

홍염마녀(紅炎魔女)
녹림의 싸움은 결코 뒤끝을 남기지 않는다!

華山劍宗

"사부님, 도대체 무슨……."

"……."

운검은 화산파에서 이대제자들을 가르칠 때도 꽤나 엄한 무공교두였다. 상대가 새로 받아들인 제자인 영호준이라고 해서 달라질 건 없었다.

퍽!

명령을 듣지 않고 다시 입을 놀린 영호준의 머리에 운검은 주먹을 날렸다.

그게 한시도 쉬려 하지 않는 그의 입을 다물게 하는 데 가장 빠른 효력을 발휘할 거란 판단이었다.

과연 그랬다.

영호준은 머리를 한 대 얻어맞고 곧바로 입을 다물었다. 표정 역시 얌전해졌다. 나이에 걸맞은 호기심이 주먹 한 방이 준 아픔에 쏙 들어간 것 같다.

피식!

그 같은 영호준의 모습에 입가에 미소를 띤 운검이 슬며시 발끝을 세워 보였다.

까치발을 한 채로 기척을 죽이는 수법.

화산파 비전의 보신경(步身輕) 중 하나인 구궁보를 익히기 전에 필수적으로 연마하는 방법이다. 내공을 상실한 상태임에도 운검이 사용할 수 있는 몇 안 되는 무공 중 하나이기도 하다.

사사삭!

순식간에 영호준을 뒤로하고 관도 부근의 무성한 수풀 속으로 파고든 운검이 눈을 빛냈다.

갑자기 하늘의 구름에만 관심을 기울이고 있던 그의 뇌리를 번개처럼 스치고 지나간 지저분한 상념의 실체들!

지금 여실히 그의 눈앞에 모습을 드러내고 있다.

'푸스스한 머리에 무성한 수염. 등에 짊어진 건 대감도고, 손에 든 건 낭아봉에 삼지창. 사슬낫 같은 것도 있고. 그렇다는 건 역시 관도 부근에서 사업을 벌이고 있는 놈들이란 거겠지? 그런데 인원이 생각했던 것보다 좀 많은데…….'

자세를 고양이처럼 낮추고 몸을 숨기고 있는 수풀의 건너에는 족히 오십 명이 넘어 보이는 흉맹한 무리가 모여 있었다.
 어찌 보든 떼를 지어 몰려다니며 마을을 습격하거나 산속에 숨어서 길 가는 행인의 짐을 터는 산적 패거리로밖엔 보이지 않는다.
 어떻게 딱 그리 보이는 자들로만 모였다.
 그중 운검의 시선을 잡아끈 건 일행과 조금 멀리 떨어져서 바위 위에 앉아 있는 호피의의 사내였다.
 빙글빙글.
 그의 수중에서 장난스레 돌려지고 있는 건 사슬낫이다.
 십팔반 병기에 들지 않는 기문병기 중 하나.
 가느다란 사슬 끝에 날카로운 낫이 매달려 있는 모습은 보기만 해도 위험스럽다. 저런 기문병기는 다루기가 어려운 만큼 만약 실전에서 제대로 사용할 수 있다면 대응키가 무척 까다로울 게 분명하다.
 '일행이 늘어서 여비라도 어찌 충당해 보려 했지만 상황이 그다지 좋지 않으니 관둬야겠군. 군자란 본시 나아갈 때와 물러설 때를 잘 알아야 하는 법이니까. 사실 이렇게 많은 수를 상대한다는 건 너무 귀찮은 일이야.'
 거기까지 염두를 굴린 운검이 얼른 숨어 있던 곳에서 몸을 뒤로 빼냈다.

홍염마녀(紅炎魔女) 141

필시 뭔가 커다란 목표물을 노리며 잔뜩 모여 있는 위험한 무리들이 경동치 않게끔 신중을 기했다. 만약 들켜서 귀찮은 일이라도 벌어지면 곤란하단 판단이었다.

한데 갑자기 그가 숨어 있던 곳과 그다지 떨어지지 않은 수풀 너머에서 한 명의 사나이가 모습을 드러냈다.

경공에 제법 재간이 있는지 움직임이 상당히 빠르고 가볍다. 그는 모습을 드러내자마자 소리를 버럭버럭 질러댔다.

"왔습니다! 왔어요!"

'이런!'

운검이 얼른 뒤로 몸을 빼내던 동작을 멈췄다.

어느새 삼삼오오 모여서 음담패설을 내뱉고 있던 무리들이 척후로 보이는 자를 바라보곤 일제히 호피의를 걸친 사나이 쪽으로 모여들었다.

빙글빙글.

여전히 사슬낫을 돌리고 있던 사나이가 척후의 숨찬 보고를 듣고서 천천히 바위에서 신형을 일으켰다.

생각했던 것보다 몸집이 크다.

두 눈에 담긴 안광이 형형하고 양쪽 태양혈이 불쑥 튀어나와 있는 걸 보니, 내외공의 공부 역시 제법 그럴듯해 보인다.

사나이가 우렁우렁한 목소리로 외쳤다.

"앞서 설명했다시피, 우리 삼개채 연합은 오늘 당당한 녹림의 사내들로서 전날 잃어버렸던 명예를 반드시 되찾아야만 할 것이다! 그 점을 잊지 말아라!"

"우와아!"

"이야아!"

방금 전까지 무질서하게 모여서 웅성거리고 있던 산적들이 세 무리로 모여 일제히 목청을 높였다. 괴성과 같은 함성 소리가 무척이나 드높다.

그런데 운검은 적지 않은 인원임에도 불구하고 간간이 불안한 기색이 스쳐 지나가고 있는 점을 흥미롭게 바라봤다. 문득 일반적인 약탈 행위를 위해 모인 게 아니란 생각이 들었기 때문이다.

'설마 저 많은 산적들이 복수를 위해 산채를 떠나 뭉쳤다는 건가?'

운검은 움직임을 멈춘 채 잠시 생각에 잠겼다. 지금 벌어지고 있는 일이 애초에 생각했던 것보다 더 재밌게 흘러가자 마음속에 갈등이 일었다.

얽혀들면 귀찮아진다는 현실적인 판단과 잠시만 더 사태의 추이를 구경하고 싶다는 욕구. 그 사이에서 그는 잠시 결정을 내리지 못하게 되어버렸다.

그때 사슬낫 돌리기를 멈춘 호피의 사나이가 다시 일갈을 터뜨리자 세 무리의 산적들이 일제히 한쪽으로 달려가기 시작했다.

그게 운검의 갈등을 머릿속에서 확 몰아냈다.

'저 방향은…….'

산적들이 일제히 몰려간 방향은 공교롭게도 운검이 영호준을 떼어놓고 온 곳과 일치했다. 운검이 귀찮음을 무릅쓰지 않을 수 없는 상황이 되어버린 것이다.

슥!

바닥에 찰싹 달라붙어 있던 신형을 쑥 일으킨 운검이 한숨과 함께 산적들의 뒤를 쫓았다. 얼렁뚱땅 맞아들인 제자라곤 하나 산적들의 칼받이가 되게 할 순 없었다.

슬슬…….

영호준이 운검에게 질문을 던지다 얻어맞은 이마를 손으로 쓰다듬었다. 상당히 아팠다. 그러다 그의 두 눈이 갑자기 동그랗게 변했다.

홍점(紅點).

그것은 맨 처음 저 멀리 관도 위에 나타난 점 하나에 불과했다. 얼핏 붉은 기운이 어른거린다고 생각했을 뿐이다.

그런데 그 조그마한 점이 점차 커지더니, 순식간에 불타는 듯한 붉은 그림자가 되어 쏜살같이 다가오는 게 아닌가!

절정의 경공술.

무림을 다 뒤져도 그리 쉽사리 찾을 수 없을 정도다.

평생 처음으로 그 같은 광경을 접한 영호준으로선 크게 놀라지 않을 수 없었다.

그는 일시 어떠한 행동도 하지 못하게 되었다. 완전히 얼어붙어서 눈조차 깜빡이지 못했다.

그러는 동안 어느새 붉은 그림자가 영호준의 바로 앞까지 이르렀다. 정말 빠르다 빠르다 해도 이처럼 빠르기란 쉽지 않을 성싶다.

한데, 놀라서 입을 가볍게 벌리고 있던 영호준이 갑자기 크게 소리를 질렀다.

붉은 그림자의 정체가 붉은색 화복을 걸친 한 명의 아리따운 여인이란 걸 파악하고 비명을 터뜨려 버린 것이다. 그리고 그건 의외의 상황을 만들어냈다.

"왁!"

영호준이 비명을 터뜨린 것과 동시다. 홍의여인은 눈부실 정도로 빠르던 경공의 속도를 살짝 늦췄다. 아주 찰나간에 벌어진 미세한 차이였다.

그 차이는 놀라운 결과를 연출해 냈다.

촤라라라락!

속도를 늦춘 홍의여인의 바로 코앞으로 섬뜩한 살기를 띤 낫이 파고들었다.

얼마 전 운검의 주목을 끌었던 호피의 사내가 장난스럽게 돌리고 있던 사슬낫의 등장이다.

데굴.

홍의여인은 영호준의 준수한 얼굴에 머물러 있던 시선을

거둬들였다. 흉험한 기세를 품고서 자신의 목젖을 향해 날아드는 겸광(鎌光)에 주목한 것이다.

파곽!

앞으로 치고 나가던 경공의 기세를 급격하게 죽이기 위해 홍의여인은 진각을 선택했다. 디딤발에 강한 기파를 쏟아내는 것으로 속력을 죽이고, 그에 더해 가느다란 허리를 뒤로 크게 굴신했다.

그러자 살기 어린 겸광이 그녀의 기다란 머리칼을 흩어놓으며 빠르게 지나갔다. 간일발의 차이로 가느다란 목이 잘리는 걸 면할 수 있었다.

그러나 홍의여인의 시련은 그것으로 끝이 아니었다.

사슬낫의 직격을 피하느라 경공을 늦춘 것과 동시에 그녀의 배후에서 몇 개나 되는 기문병기들이 파고들어 왔다.

몽둥이에 고슴도치 같은 철침을 박은 낭아봉, 마디가 아홉이나 되는 구절편, 끝이 세 갈래로 나뉘어 있는 삼지창……

어느 하나 예사롭지 않다.

흉험하고 살벌하기가 예사 무림문파의 기문병기 뺨친다.

하물며 상대는 당장 바람만 불어도 날아갈 듯 가벼워 보이는 홍의여인이었다.

"아아!"

영호준이 다시 비명을 토해냈다. 홍의여인의 생명이 바람 앞의 등불이나 다름없다는 생각이 들었기 때문이다.

"훙!"

홍의여인은 나직한 코웃음으로 영호준의 그 같은 걱정을 불식시켰다.

스으.

거의 뒷머리가 땅에 닿을 정도로 허리를 굴신시켰던 홍의여인이 신형을 팽이처럼 옆으로 돌렸다. 그리고 다시 지축을 찍듯이 박차고 튀어오른 두 개의 교족!

파팍!

파파파파파팍!

횡으로의 회전과 함께 홍의여인의 발끝이 자신의 배후를 공격해 들어온 네댓 개나 되는 기문병기를 모조리 걷어차 냈다. 직접 눈으로 보지 않았다면 결코 믿을 수 없을 듯한 신기다.

"크악!"

"커억!"

"케엑!"

홍의여인의 발끝에 병기를 걷어차인 기습자들이 비명과 함께 황황히 뒤로 물러섰다.

개중에는 목숨 같은 병기를 손에서 놓치고 입으로 피까지 내뿜으며 나뒹구는 자들까지 있다.

'어, 어떻게 저런 일이……'

만면 가득 홍의여인에 대한 걱정과 근심을 매달고 있던 영호준이 안색을 딱딱하게 굳혔다.

바로 코앞에서 벌어진 일이다.

그런데도 도대체가 납득이 가지 않는다. 이해의 범주를 월등히 벗어나 버렸기 때문이다.

그때 그의 어깻죽지가 쑤욱 뒤로 끌어당겨졌다.

기본적인 무공의 기초를 닦은 영호준임에도 삽시간에 당했다. 저항이나 반항 따윈 아예 해보지도 못했다.

"무, 무슨……."

"쉿!"

영호준은 당황한 표정으로 고개를 돌리다 익숙한 운검의 얼굴을 보고 얼른 입을 다물었다. 조용히 입 다물고 있을 것을 표정만으로 권고하고 있는 운검의 모습을 발견한 때문임은 두말할 것도 없는 일이다.

'자식! 아예 구제 못할 바보는 아니란 건가? 하지만 어째 갈수록 이놈을 제자로 받아들인 게 후회되네.'

운검은 영호준이 권고를 받아들이지 않는 상황까지 고려하고 있었다. 영호준의 어깻죽지를 잡아채며 다른 손으로 아혈을 노리고 있었던 것이다.

내심 웃음을 보인 운검이 영호준을 다시 잡아끌었다.

아수라장으로부터의 탈출!

즉각적이며 신속하게 이뤄져야만 할 일이었다.

그렇게 두 사람이 싸움터에서 빠져나오자 영호준이 다급

한 표정으로 운검에게 말했다.

"사부님, 어째서 위기에 빠진 소저를 구해주지 않으시는 겁니까? 이건 협사의 도리가 아닙니다!"

"위기에 빠진 소저?"

운검이 영호준의 말 중 한 부분을 되풀이하며 이리저리 둘러보는 시늉을 해 보였다. 그러면서도 전혀 싸움터로 시선을 던지지 않고 있다.

영호준의 표정이 더욱 다급해졌다.

"사부님, 거기가 아니라 저기! 저기잖아요!"

"저기……?"

"예!"

영호준은 운검의 소맷자락까지 잡아끌었다. 어떻게든 운검으로 하여금 위기에 빠진 홍의여인을 구하게끔 하려고 최선을 다했다.

픽!

운검이 결국 웃음을 담았다. 그리고 흘러나온 말.

"애석하게도 위기에 빠진 건 저 붉은 옷의 낭자가 아니다. 오히려 그녀의 주변을 둘러싼 한 떼의 가련한 산적들이지."

"예?"

"방금 전에 저 낭자의 선풍연환각(旋風連環脚)을 보지 못했냐? 보통의 선풍연환각이라면 저런 중병기들을 한꺼번에 차서 튕겨내진 못한다. 기껏해야 한두 개 정도가 한계일 거야. 게다가 그녀의 선풍연환각에 병기를 차인 자들의 상태를 봐라. 하나같이 안색들이 좋지 못하잖아. 피까지 토한 녀석도 있고."

'그러고 보니 정말 그렇네… 요……'

잔뜩 흥분해 있던 영호준이 운검의 자세한 설명을 듣고 비로소 이성적으로 현 상황을 파악하게 되었다.

확실히 그의 눈으로 보기에도 기습을 당했던 홍의여인은 전혀 위험해 보이지 않았다.

긴장한 표정 역시 아니다.

오히려 긴장한 건 홍의여인을 포위한 산적들 쪽이었다. 그들은 그녀를 가운데 두고서 어찌해야 할 바를 모르고 있었다. 그냥 겉으로 보기에 그래 보였다.

영호준이 운검에게 질문했다.

"사부님 말대로 저 소저는 그리 위험해 보이지 않습니다. 어째서 저럴 수가 있는 거지요? 저는 도무지 이해가 되지 않습니다."

"내경(內勁)이다."

"내경이요?"

"저 여인은 권각에 내경을 담아서 내가중수법을 사용할 수 있을 정도의 고수인 거야. 그래서 방금 전의 선풍연환각에 병기가 튕겨진 자들이 오히려 내상을 입게 된 거야. 당연히 어찌어찌 포위를 하긴 했지만 쉽사리 공격해 들어갈 순 없는 거고."

"와아!"

운검의 설명에 크게 탄성을 터뜨린 영호준이 궁금한 표정으로 다시 질문했다.

"사부님, 근데 그 내, 내경이란 거 굉장히 어려운 거 아닙니까?"

"그래 보이냐?"

"예!"

영호준이 얼른 고개를 끄덕였다. 항상 말끝마다 사내대장부를 연발하는 녀석치고는 조금 귀엽다.

운검이 미미하게 고개를 끄덕여 보였다.

"어렵지. 무림 중에 저 정도로 내경을 자유자재로 권각에 담을 수 있는 사람은 그리 많진 않을 거야. 그것도 저 여인 정도의 나이에는 말야."

"그러면 저 무도한 산적 녀석들은 절대로 저 소저에게 해코지를 못하겠군요?"

"오히려 한꺼번에 몰살이나 당하지 않으면 다행이겠지. 게다가 이번 일은 누가 잘못한 건지 겉으로 보이는 모습만으론 판단키가 어렵다."

"예? 그게 무슨……."

"세상의 일이란 건 항시 눈에 보이는 것만이 진실은 아니란 거야."

"……."

영호준이 버릇처럼 안색을 붉히며 두 눈을 깜빡거렸다. 운검의 말속에 담긴 의미를 이해하기가 쉽지 않은 것 같다.

'아직 맑은 눈. 세상의 더러움을 이해한다는 건 그리 쉽진 않겠지.'

내심 쓰게 웃은 운검이 시선을 싸움터로 던졌다.

홍의여인은 오만한 시선으로 자신을 중심으로 원형의 포위진을 형성한 수십 명의 산적들을 바라봤다. 애초부터 그녀를 기습하기 위해 기다리고 있던 자들인만큼 얼굴 가득 살기가 흘러넘치고 있다.

촤라락!

맨 처음 홍의여인을 암습했던 호피의 사나이가 요란한 소리를 내며 수중의 사슬낫을 팔뚝에 감았다. 애초에 세웠던 계획과 달리 홍의여인에 대한 전격적인 암습은 실패로 돌아갔으나 포위하는 데는 성공했다.

절반의 성공!

호피사나이의 두 눈이 흉맹스런 빛을 발한다.

"홍염마녀(紅炎魔女) 진영언! 강남에서만 활동하던 네가 어째서 장강을 넘어 강북으로 온 것이냐! 어째서 우리 강북 녹림의 형제들을 찾아다니며 괴롭히는 것이고?"

"건방지군! 나 진영언은 강남 녹림의 총표파자다! 내게 그런 질문을 던지려면 먼저 자신의 신분부터 밝히는 게 도리가 아닌가?"

"나는 부풍(扶風)의 잔월겸(殘月鎌) 주태다! 진영언, 네가 보름 전쯤에 팔을 자른 철수비각(鐵手飛脚) 원공태. 원 형과는 의형제 사이인즉, 네게 복수를 할 이유는 충분하다고 생각한다!"

"철수비각 원공태?"

진영언이 갸름한 턱을 삐뚜름하니 해 보이더니, 곧 입가에 차가운 미소를 매달았다.

"흥! 내게 주제도 모르고 껄떡대던 호색한 돼지 녀석을 말하는 거로군. 그 녀석이 한 산채의 두령이 아니었다면 두 팔을 몽땅 잘라 버렸을 거야. 내가 팔 하나를 자른 건 그야말로 자비를 베푼 거라고."

"원 형뿐이 아니다! 진영언, 네년은 다른 강북의 녹림 형제들까지 몇 명이나 불구로 만들었다! 강북의 녹림 전체를 적으로 삼은 거야!"

"그래서 몇 개 산채에서 연합을 해서 암습을 준비하고 있었군? 본래의 실력으론 상대가 될 것 같지 않으니 말야?"

"그, 그건······."

"병신 같은 자식들! 개수작 그만 떨고 본래의 목적을 밝혀! 네놈들 같은 썩어빠진 정신을 가진 산적 새끼들이 다른 놈들 몇이 당했다고 이렇게 떼거리로 몰려올 리 없잖아! 도대체 어떤 놈의 사주를 받은 거야?"

홍염마녀(紅炎魔女) 153

"이… 이……."

주태가 진영언의 적나라한 욕설에 가뜩이나 큰 눈을 더욱 확장시켰다. 금방이라도 두 눈이 튀어나올 것만 같다. 화가 있는 대로 난 것이다.

그러나 그는 쉽사리 진영언에게 달려들지 못했다.

스윽!

거만하게 턱을 치켜 올린 진영언의 얼굴. 언제든 덤빌 테면 덤비라는 태도다.

'저년은 명색뿐인 강남의 총표파자라고 생각했거늘. 방금 전의 무위는 결코 전대 총표파자였던 권각무적(拳脚無敵) 초삼제와 비견해 떨어질 것이 없지 않은가!'

권각무적 초삼제.

일명 초적대도행(草敵大盜行)으로 유명한 인물로 젊었을 때는 유명한 독각대도였으나 장년에 이르러 강남 녹림도의 총표파자가 되었다.

홍염마녀 진영언은 초삼제의 양녀였다.

그의 진전을 몽땅 이었을뿐더러, 또 다른 유명한 고수를 사부로 두어 이십대 초반임에도 절정의 무위를 자랑하고 있었다. 초삼제 사후에 그녀가 강남 녹림도의 총표파자가 된 건 강호를 뒤흔든 대사건 중 하나였다.

당연히 주태가 오늘 진영언을 암습하러 온 건 친우의 복수 때문만은 아니었다. 다른 사람의 사주를 받아서다. 그러나 지금 그녀의 출중한 무위를 확인하고 보니 쉽사리 달려들 수가 없었다.

생긴 모습과 다르달까?

주태는 이같이 신중한 성격 덕분에 이번 홍염마녀 진영언 기습 작전의 총책임자가 되었다. 성격이 폭급하고 생각이 깊지 못한 대부분의 산적들보다 나은 상황 판단력 또한 이에 한 몫했음은 물론이다.

다만 이같이 신중한 주태와 달리 오늘 진영언을 포위한 무리 중에는 산적 본연의 자세에 충실한 자들이 꽤 포함되어 있었다. 특히 주태의 직속 부하가 아닌 자들은 더욱 그러했다.

보기에 딱 좋은 가냘픈 몸매.

당장 바람만 불어도 날아갈 듯하고 눈에 확 들어올 정도의 미모를 겸비하고 있다.

그런 여인이 눈앞에 서 있었다.

하물며 현 상황을 보자면 그녀의 주변을 수십이 넘는 산적들이 완벽하게 에워싼 형국이다. 아주 자연스레 얕보는 마음이 일지 않을 수 없다.

갑자기 진영언의 미모에 침을 꼴깍거리고 있던 놈들 중 몇이 입에 쌍욕을 담았다.

"이런 건방진 년! 네년이 잘났으면 얼마나 잘났냐!"

"그래, 이 제기랄 년아! 치마만 벗겨놓으면 알아서 바닥에 엎드릴 년아!"

신중하게 진영언의 허점을 살피고 있던 주태가 내심 혀를 찼다.

'이런!'

지저분한 도발!

어떨 땐 꽤나 유용하게 써먹히곤 한다. 상대를 격분케 해서 이성을 잃게 만든 후에 허점을 노리면 쉽사리 싸움을 끝낼 수 있기 때문이다.

하지만 이번엔 사정이 조금 달랐다.

상대는 녹림에서 잔뼈가 굵은 강남의 총표파자이고, 무공 역시 상상했던 이상으로 고강했다.

대충 싸움을 이쯤에서 끝내고 오늘 일을 없었던 것으로 하는 것까지 고려하고 있던 주태로선 아차 싶지 않을 수 없었다. 일이 쉽게 끝나지 않게 된 것이다.

꿈틀!

과연 오만한 표정만이 깃들어 있던 진영언의 아미가 살짝 치켜 올라갔다. 그렇게 보였다. 다음 상황은 굳이 관심을 기울이지 않고도 알 수 있는 불문가지(不問可知).

스팟!

곧장 발끝으로 지축을 찍은 진영언의 돌격이 이어졌다.

예상했던 대로다.

주태는 순간적으로 자신을 노리며 파고든 진영언의 공격에 대경실색하여 황급히 뒤로 몸을 빼냈다.

그와 함께 재빨리 움직인 양손.

그의 손아귀에 붙잡힌 두 명의 산적이 비명과 함께 딸려왔다. 포위진을 이루고 있던 다른 산적들을 방패 삼아서 진영언의 갑작스런 공격으로부터 벗어나려는 의도다.

파곽!

그 순간 주태가 방패로 삼았던 산적 둘의 얼굴이 수박처럼 박살나며 뒤로 꺾였다. 방금 전에 진영언에게 쌍욕을 했던 바로 그자들이다.

그것만으로 끝일 리 없다.

족각으로 두 개의 얼굴을 박살 낸 반동을 담아 진영언이 다시 공중으로 신형을 띄워 올렸다.

빙그르르.

몇 차례에 걸쳐 신형을 회전시킨 그녀의 두 눈이 창공의 매처럼 주태를 쫓는다. 여전히 뒤로 몸을 빼낸 주태에 대한 공격을 포기하지 않은 것이다.

그러나 주태는 두 산적의 희생을 발판으로 팔에 감은 사슬낫을 풀 여유를 얻었다. 그러기 위해 굴욕을 참고서 동료를 희생시켰다.

챠르르르륵!

그의 팔을 뱀처럼 감고 있던 사슬낫이 요란한 소음과 함께 풀리더니, 흡사 생명이라도 있는 것처럼 밑에서 위로 쏜살같이 치고 올라갔다.

쉬악!

살벌한 겸광이 진영언을 노렸다. 아니, 노렸다 싶은 순간에 이미 그녀의 귀밑머리를 스쳐 가고 있었다. 그 정도로 빠른 공격이었다.

그것은 반대로 말하자면 진영언이 간일발의 차로 사슬낫의 직격을 피해냈다는 걸 의미했다. 분명 그랬다.

주태의 얼굴이 일그러뜨렸다.

공격이 실패해서인가?

그렇지 않다.

그는 애초에 진영언이 자신의 사슬낫에 당할 만한 솜씨가 아니란 걸 알고 있었다. 이 정도에 당할 만한 상대였으면 처음부터 신중에 신중을 가하느라 선공을 놓치진 않았을 터다.

과연 예상대로였다.

진영언은 전력을 다한 그의 일격을 단순히 고개를 옆으로 뉘는 것만으로 피해냈다. 신기에 가까운 움직임이다. 게다가 그것만으로 끝일 리 없다.

스슥!

순간적으로 공중에서 신형을 비튼 진영언의 족각이 주태의 오른쪽 어깨를 강하게 찍었다. 사슬낫과 연결되어 있는 부분을 공격해서 이차 공격을 무력화시키고자 하는 의도다.

빠각!

주태의 오른쪽 어깨가 순간적으로 무너졌다. 단순한 탈골이 아니라 쇄골이 박살나 버렸다.

"크윽!"

주태의 입에서 신음이 터져 나왔다. 그러나 그는 강북의 무수히 많은 녹림도 중에서도 제법 이름이 난 사내였다. 지독한 고통 속에서도 그의 좌수가 빠르게 허공을 갈랐다.

쉬악!

사슬낫의 참격술과 더불어 주태의 이름을 공고히 만든 대력응조공(大力鷹爪功)이다. 강철조차 뚫는다고 알려진 그 강력한 네 개의 손가락이 진영언의 가느다란 발목을 노렸다. 붙잡아서 부러뜨리려 했다.

"허튼수작!"

진영언이 또다시 공중에서 신형을 굴신시켰다.

빙그르르.

이번엔 반대 방향으로 신형을 회전시켰다. 그에 따라 늘씬한 몸매를 따라 반원을 그리는 그녀의 양발!

빠각!

전력을 다해 대력응조공을 펼쳤던 주태의 턱이 하늘을 향해 치켜 올려졌다. 이미 진영언의 반월각(半月脚)에 당하고 만 것이다.

쿵!

곰 같은 몸을 한 주태가 바닥에 대 자로 뻗었다. 동료 산적 둘로 방패를 삼았음에도 진영언의 일초양식조차 버티지 못했다. 비참할 정도의 결과다.

슥!

그의 앞에 한 떨기 꽃잎처럼 떨어져 내린 진영언이 하얀 치열을 드러냈다. 그녀의 시선은 자신을 에워싼 산적들을 향하고 있었다.

"아랫도리 부실한 놈들아! 다 덤벼! 이 언니가 오늘 화끈하게 상대해 줄 테니까!"

"으… 으……."

"아니면, 이 언니가 먼저 갈까?"

"……."

진영언은 두 번 말하지 않았다.

기다리는 일 역시 없었다. 우두머리인 주태를 잃고 정신적인 공황 상태에 빠진 산적들을 향해 지체없이 달려들었다.

"우와! 우와! 우와……."

멀찍이 떨어져 진영언의 환상적인 싸움을 지켜보던 영호준이 연신 소리를 질러댔다.

잔뜩 흥분한 붉은 얼굴.

처음에 자신을 봤을 때보다 조금 더 진해 보이는 홍조를 띠고 있는 영호준을 곁눈질로 살핀 운검이 내심 고소를 지었다.

'후후. 저 녀석, 저 몸매 잘빠진 소저가 눈짓이라도 한차례 던지면 두 번 생각할 것도 없이 뒤따라가겠군. 하긴 저 소저

의 무공과 임기응변은 상당해. 웬만한 정파의 절정고수라도 우습게보고 달려들었다가는 혼쭐이 나겠어.'

 운검의 뇌리 속으로 항상 근엄한 표정을 짓고 있던 운양 진인을 비롯한 세 명 사형들의 얼굴이 스쳐 지나갔다. 그들 정도는 되어야 눈앞에서 열심히 날뛰고 있는 여인을 제압할 수 있으리란 생각이 든 까닭이다.

 그때다. 열심히 환호성을 터뜨리고 있던 영호준이 갑자기 운검의 소맷자락을 잡아당겼다. 잔뜩 흥분해 홍조를 띠고 있던 얼굴 역시 살짝 찡그리고 있다.

 "사부님, 저기⋯⋯."

 "응?"

 운검이 상념을 지우고 영호준을 바라봤다. 갑자기 어째서 이런 침울한 표정이 되었는지 궁금하다.

 "⋯저러다가 저 사람들 모두 죽겠습니다! 죽겠어요!"

 "⋯⋯."

 운검의 시선이 싸움터를 가리키고 있는 영호준의 손가락 끝을 따라 이동했다.

 그러자 상황이 그새 크게 일변되어 있다.

 어느새 한 명의 가냘픈 여인을 포위 공격하고 있던 흉악한 산적들은 가해자에서 피해자로 변해 있었다.

 그들은 얼굴값도 못하고 처절한 비명을 터뜨리며 이리저리 나뒹굴고 있었다. 바닥을 질질 기고, 한 대라도 덜 맞기 위

홍염마녀(紅炎魔女) 161

해 전력을 다해 바닥에 얼굴을 파묻었다. 어느새 싸움은 일방적인 구타로 바뀌어 있었다.

처참하기 이를 데 없는 광경.

거의 오십 명이나 되던 산적들 중 성한 몸을 한 자는 이미 존재하지 않았다. 그들은 주먹에 얻어맞고, 발에 채이고, 관절이 꺾이고 뽑혔다.

용감히 대항하는 자나 도망가는 자나 똑같았다.

어떤 자들도 마녀처럼 동에 번쩍 서에 번쩍 신형을 이동하는 진영언의 권각 앞에서 달아날 수 없었다. 복날 개 맞듯 두들겨 맞았다.

'…심하군.'

웬만한 일엔 외눈 하나 깜빡하지 않는 운검이 내심 혀를 찼다.

산적들과 진영언.

싸움의 결과는 애초에 운검이 예상한 그대로 전개되었다. 그만큼의 무력 차이가 둘 사이엔 있었다.

다만 운검이 미처 예상치 못한 건 진영언의 독한 심성이었다. 하긴 어찌 명문정파인 화산파에서 일생을 보낸 운검이 지금과 같은 녹림의 개싸움을 구경이나마 해봤겠는가.

어느새 발을 동동거리기 시작한 영호준이 다시 운검의 소맷자락을 잡아당겼다. 도저히 눈앞에서 두들겨 맞고 있는 산적들이 불쌍해서 견딜 수 없는 것 같다.

"사부님! 사부님……."

"너도 들었겠지만, 저놈들은 녹림도다. 선량한 양민들을 등쳐 먹고 사는 산적들이야. 차라리 저런 자들은 이 자리에서 모두 맞아 죽는 편이 나을지도 모른다."

"사부님, 정말 그리 생각하시는 겁니까?"

"그래."

운검의 독한 대답에 영호준이 충격받은 표정을 지어 보였다. 운검이 정말로 그런 대답을 할 줄은 몰랐기 때문이다.

꾸욱!

영호준이 입을 굳게 앙다물었다. 그리고 양 주먹 역시 꽈악 쥐었다. 처음에 동네 불량배들의 조직인 흑랑파와 시비가 붙었을 때와 똑같은 모습이다.

'나한테 의지하지 않고 직접 달려들겠다는 심사로군. 저 산적 녀석들과는 별 관련도 없으면서. 확 그냥 한 대 쳐서 기절시켜 버려야 하나?'

굳이 천사심공이 움직일 필요도 없었다.

지난 며칠.

영호준과 함께했던 운검은 그의 은근히 강한 기질과 고집을 어느 정도 파악하고 있었다.

이제는 눈빛이나 표정의 변화만으로도 대충 무슨 생각을 하고 있는지 알 수 있을 정도였다. 운검으로선 내심 갈등이 되지 않을 수 없는 대목이다.

"사부님, 제자… 잠시만 다녀오겠습니다!"

"……."

운검은 침묵을 고수했다. 그리고 영호준의 두 눈 깊숙한 곳에서 불타오르고 있는 강렬한 기운을 보고 애초의 계획을 수정하기로 마음먹었다.

'음. 차라리 이번 기회에 지 몸으로 세상 무서운 줄을 알게 만드는 것도 괜찮겠군. 이런 녀석은 직접 당해보기 전에는 절대로 제 주장을 굽히지 않으니까!'

운검이 말리지 않자 용기를 얻은 영호준이 곧장 싸움터로 달려갔다.

우둑! 우드드드득!

진영언은 바닥을 엉금엉금 기고 있는 산적들을 찾아다니며 사지를 밟아댔다. 아예 병신을 만들어서 다시는 자신을 찾아와 귀찮게 하지 못하게 하려는 심산이었다.

대강남북.

녹림도의 제일율(第一律)!

삭초제근(削草制根)에 발본색원(拔本塞源)이다.

풀잎을 자르고 뿌리를 뽑아내며, 근본을 파헤쳐서 원인을 색출하고, 결코 뒤끝을 남기지 않아야만 했다. 그래야만 복수에 복수로 이어지는 피의 수레바퀴를 피할 수 있었다. 그게 바로 녹림의 싸움이었다.

강남 녹림도의 수령이자 총표파자인 진영언이니만큼 그 같은 제일율을 모를 리 없었다.

 오히려 그녀는 확실하게 일 처리를 하려 했다. 자칫 손속에 사정을 뒀다가는 강북 녹림도에게 얕잡힘을 당할 수도 있다는 판단이었다.

 '모조리 병신으로 만들어 보낼 테다! 그러면 강북 녹림의 총표파자랍시고 어깨에 잔뜩 힘만 집어넣고 있던 그 개자식도 조금쯤은 움찔할 테지!'

 진영언은 원수처럼 생각하고 있는 한 사내의 얼굴을 떠올리며 발끝에 더욱 힘을 담았다. 후일에도 부러진 뼈가 달라붙지 못하게끔 확실하게 박살 내고 있었다.

 익숙하다.

 양부이자 사부인 권각무적 초삼제의 자리인 강남의 총표파자를 지키기 위해 무수히 많이 해본 솜씨를 그녀는 확실하게 발휘하고 있었다.

 한데, 다시 한 산적의 어깨를 박살 내기 위해 발을 들어 올리고 있던 진영언이 갑자기 행동을 멈췄다.

 그뿐 아니었다. 그녀는 동료들처럼 병신이 된다는 생각에 어린애처럼 흐느끼고 있던 산적을 놔둔 채 뒤로 몇 걸음 물러서기까지 했다.

 스으.

 여전히 당장 한 가닥 바람만 불어도 날아가 버릴 듯 표홀하고 종적을 분간키 어려운 신법이다. 그녀는 순식간에 싸움터로 달려온 영호준을 앞에 두고 섰다.

"소형제, 무슨 일이지?"

"……."

느닷없이 자신의 앞에 다가선 진영언의 질문에 영호준이 움찔 놀라 걸음을 멈췄다. 꽈악 쥐고 있던 양 주먹 역시 어느새 기운이 쏘옥 빠져 버렸다. 일시 어찌해야 할 바를 모르게 되어버린 것이다.

"훗!"

진영언이 안절부절못하는 영호준의 행동을 보고 입가에 나직한 교소를 담았다.

어느 모로 보든 준수한 얼굴이다.

몸집도 조그맣긴 하지만 강단이 있다.

발갛게 달아올라 있는 얼굴이나 행동이 꽤나 귀엽다고 그녀는 생각했다.

영호준이 간신히 입술을 뗐다.

"소저… 부디 손속에 인정을 둬주십시오……."

"손속에 인정을 둬?"

"예! 아무리 저들이 질이 나쁜 산적들이라 해도 가족이 있고 친구가 있는 사람들입니다. 팔다리를 부러뜨려서 폐인을 만드는 건 좋은 일이 아니라고 생각합니다."

"……."

진영언이 입가에 매달려 있던 미소를 싹 지웠다. 영호준이 다른 사내들처럼 자신의 미모에 반해서 달려온 것이 아니란 걸 깨달은 까닭이다.

 그녀의 침묵이 영호준을 더욱 용기 내게 만들었다. 그가 한 걸음 더 나서서 그녀에게 목소리를 높였다.

 "소저는 선녀처럼 예쁜 분이 어찌 그리 손속이 사납고 마음이 독하신 겁니까? 그래선 안 됩니다! 만약 집안의 부모님이 아신다면 어찌 안타까워하지 않으시겠습니까?"

 꿈틀.

 진영언의 아미가 다시 치켜 올라갔다. 영호준의 마지막 말이 그녀의 심사를 건드렸다. 입가로 싸늘한 냉소가 번져 나온다.

 "흥! 정인군자가 나셨군!"

 "……."

 영호준은 미처 진영언에게 대꾸조차 하지 못했다. 순간적으로 화끈한 통증과 함께 얼굴이 한쪽으로 휙 하고 돌아가 버렸기 때문이다.

 찰싹!

 영호준의 얼굴에 바로 따귀를 날린 진영언이 곧바로 발을 들어 올렸다.

 일타일각(一打一脚)!

 한 번 때리면 곧바로 한 차례 찬다!

어린 시절 그녀의 무공 기초를 닦아준 권각무적 초삼제로부터 전수받은 광풍백연타(狂風百連打)의 기본이다. 일단 따귀를 때렸으니 발이 올라가는 건 당연했다.

툭!

그녀는 영호준을 발로 차지 못했다.

뿐만 아니라 완벽을 자랑하던 균형 감각 역시 크게 흐트러졌다. 느닷없이 디딤발의 축으로 파고든 미세한 통증이 그 같은 결과를 만들어냈다.

'암습?'

한차례 신형을 휘청인 진영언이 영호준을 차기 위해 들어 올렸던 발을 밑으로 내렸다. 그냥 내린 것이 아니다. 강하게 지축을 찍었다.

파앗!

그녀의 신형이 영호준으로부터 빠르게 물러섰다. 한쪽 발만으로 펼친 신법임에도 표홀함은 여전하다. 흡사 물이 흐르는 듯 자연스럽다.

'역시 본신 무공이 견실하군. 도저히 녹림에 속한 자의 신법이라곤 볼 수 없을 정도야.'

내심 눈을 빛낸 운검이 수중의 구슬을 만지작거리며 고개를 가로저었다.

방금 전 진영언을 물러서게 만든 한 수!

다름 아닌 암향십삼탄이다.

생각보다 빨리 진영언이 살수를 펼치려 하자 어쩔 수 없이 손을 쓴 것이다. 아무리 제멋대로에 천둥벌거숭이라지만 받아들인 지 며칠 되지 않은 제자 영호준의 위험을 그냥 지켜보고만 있을 순 없었다.

어느새 그를 향해 진영언이 새파란 눈빛을 던지고 있었다. 절정고수답게 자신에게 손을 쓴 사람이 누군지 바로 알아보았음에 분명하다.

으쓱.

어깨를 한차례 추어올린 운검이 천천히 걸음을 옮겼다.

얼굴엔 귀찮은 표정이 완연하다.

第六章

천하지도(天下之道)
어떤 일을 벌이든 반드시 대가를 치러야만 한다

華山
劍宗

'저 사람……'

진영언은 자신을 향해 천천히 다가오고 있는 운검을 눈으로 살피곤 눈매를 살짝 가늘게 만들어 보였다.

시큰거리고 있는 발목.

뭐에 얻어맞았는지 퉁퉁 부어올라 있다. 놀라운 점은 아직도 어떻게 이런 일이 가능할 수 있었는지 짐작조차 되지 않는다는 것이다.

하물며 진영언을 놀라게 한 건 운검의 호흡이다.

절정고수의 이목은 보통 사람을 월등히 상회한다. 비록 운검과의 거리가 제법 떨어져 있다곤 하나 그의 내력이 느껴지지 않는 호흡은 손에 잡힐 듯 느낄 수가 있다.

'일부러 내력을 숨기고 있는 건가? 하지만 만약 그렇다 쳐도 이건 굉장히 유치한 짓이다!'

진영언은 직접 알아봐야겠다고 생각했다. 그래야만 할 것 같았다.

그때 영호준 앞으로 다가간 운검이 그의 발갛게 부어오른 뺨을 눈으로 살피곤 냉담하게 말했다.

"잘생긴 얼굴, 완전히 망쳤군."

"사, 사부님……"

"일단 뒤로 물러서 있어라."

"하, 하지만……"

"어서."

운검은 크게 말하지 않았다. 얼굴 역시 평온했다.

그런데 영호준은 운검에게서 평소와 다른 강력한 위엄을 느꼈다. 드세고 고집스런 성격임에도 반항 따윈 아예 떠올리지도 못할 정도다.

"…예!"

풀 죽은 대답과 함께 뒤로 물러서는 영호준을 운검이 눈으로 배웅했다. 여전히 얼마 떨어지지 않은 곳에 서 있는 진영언 쪽은 쳐다도 보지 않고 있다.

꿈틀!

진영언의 커다란 두 눈에 은은한 노화의 기운이 어렸다.

강남 녹림도의 총표파자!

비록 산적 떼로 격하되어 불리긴 하나 무림에서 그녀의 위치는 결코 낮지 않다. 웬만한 대문파의 수장과 비교하더라도 못하지 않았다.

하물며 이 같은 무시를 당해본 적이 있을 리 만무하다.

'건방진 놈! 필경 한 수, 잔재간을 지니고 있어 보이긴 하지만 감히 내 앞에서 저런 오만한 태도를 취해 보이다니! 절대로 용서할 수 없다!'

내심 이를 간 진영언은 곧바로 운검에게 손을 쓰려 했다. 일단 그의 행동을 살피겠다던 애초의 계획을 바꾼 것이다.

바로 그때다.

갑자기 진영언에게 등을 내보이고 있던 운검이 신형을 돌려세웠다. 막 그를 향해 손을 쓰려던 진영언으로선 움찔하지 않을 수 없다.

우연?

만약 그렇다면 기가 막힐 정도다.

귀신이 곡할 지경이다.

실전 경험이 많은 진영언은 호흡을 가다듬었다. 다시 운검을 살필 수밖에 없었다.

그때 운검이 슬쩍 웃어 보였다.

"소저, 그만 합시다!"

"그만 해? 뭘 그만 하잔 거냐!"

"소저, 본래 족한 줄 알았으면 물러남이 마땅하단 말도 있지 않소이까? 지금 이곳에 쓰러져 있는 자들은 선발대에 불과하오. 곧 이들과는 비교도 할 수 없을 정도의 실력자들이 몰려들 터이니, 쓸데없이 이런 곳에서 시간을 낭비하지 않는 편이 이로울 것이오."

"……."

운검이 한 말은 전적으로 진영언의 의심에 기초한 것이었다. 그녀가 주태를 비롯한 강북 녹림도들을 잔인하게 짓밟으며 떠올린 바였다.

당연히 진영언으로선 움찔하지 않을 수 없다. 잠시의 침묵 끝에 그녀가 운검을 향해 살벌한 표정을 던졌다.

"너희들! 이 개자식들과 한패거리인 거냐? 그런 거야?"

"산적이 되는 것에는 관심이 없소만."

"그럼 어떻게 이 개자식들의 계획에 대해서 그리 잘 알고 있는 거냐?"

"그냥 생각해 본 것뿐이오. 만약 나라면 소저같이 압도적인 무위를 지닌 여인을 이런 오합지졸 따위만으로 제압하려 하진 않을 테니까. 그러니 가능성은 한 가지뿐이지 않겠소?"

"이 개자식들로 하여금 시간을 벌게 한 연후에 천라지망(天羅地網)을 펼친다?"

"뭐, 그 정도가 아니겠소?"

"……."

진영언은 운검의 말이 굉장히 그럴듯하다고 생각했다. 그녀가 언뜻 떠올렸던 의심을 아무런 여과 없이 전한 만큼 마음에 와 닿는 바가 매우 컸다.

고심하는 그녀에게 운검이 충고하듯 말했다.

"소저, 마음을 정했으면 한시라도 빨리 이곳을 빠져나가는 편이 좋을 것이오. 어차피 여기 있는 자들 중 후일 소저를 찾아와 복수할 만큼 강단있고 무공이 빼어난 사람은 없소이다. 사실 그냥 화풀이였지 않소?"

"흥!"

진영언이 결국 한차례 냉소와 함께 신형을 날렸다. 영호준의 눈을 동그랗게 만들었던 예의 놀라울 정도로 빠른 경공을 또다시 펼친 것이다.

순식간에 관도 저편으로 모습을 감춘 붉은 그림자!

휘이!

예상을 뛰어넘는 진영언의 경공 실력에 운검이 나직이 휘파람을 불었다.

홍염마녀 진영언.

화산을 떠난 후 처음으로 만난 절정고수다.

그냥 평범한 정도의 무위를 지닌 자가 아니라 독문의 성명절기를 완성한 진짜배기였다. 내공을 잃은 현 상태의 운검으로선 그리 쉽지 않은 상대임이 분명했다. 그렇다고 진다는 생각은 전혀 들지 않았지만 말이다.

'내 심장에 틀어박힌 마정이 전해주는 천사심공의 공효는 상당히 한정적이다. 저 정도로 빠른 경공을 지닌 상대라면 먼저 생각을 읽을 수 있다 해도 곧바로 대응하기가 쉽진 않을 테지. 분명히.'

운검이 내심 고개를 가로젓곤 멀뚱하니 자신을 쳐다보고 있는 영호준에게 한차례 인상을 긁어 보였다.

"한 번만 더 내 명을 어겨라! 확 파문해 버릴 테니까!"

"잘못했습니다! 다신 사부님의 명을 어기지 않겠습니다! 절대로 복종하겠습니다!"

"파문이 무서워서냐?"

"아닙니다!"

"그럼?"

"제 부족함을 알기에 사부님께 계속 가르침을 받고 싶어섭니다!"

픽!

연신 고개를 주억이며 외치는 영호준의 다짐에 운검이 입가로 실소 하나를 매달았다. 영호준의 이 같은 모습이 전혀 믿지 않게 느껴졌기 때문이다.

쪼르륵!

배가 울음을 터뜨렸다.

그러고 보니 갑자기 녹림도끼리의 싸움에 휘말린 탓에 밥때를 한참이나 넘겨 버렸다. 슬슬 서럽게 울고 있는 아랫배를 어루만진 운검이 그때까지도 고개를 주억이고 있던 영호준에게 말했다.

"가자!"

"예? 어디로……."

"밥 먹으러!"

운검은 이미 관도를 향해 걸어가고 있었다. 영호준이 여전히 바닥에 이리저리 널브러진 채 신음을 흘리고 있는 산적들을 살피곤 얼른 그 뒤를 따랐다.

'사부님 말씀이 사실은 옳다. 저 자식들은 어쨌거나 양민들을 못살게 하는 산적들이잖아. 병신이 되는 것을 막았으니, 나머지는 지놈들이 알아서 하게 내버려 두면 될 거야.'

어느새 머리가 냉정해진 영호준이 내린 결론이었다.

한 식경 후.

운검의 예상대로 난장판이 된 싸움터로 다섯 명의 녹의인이 모습을 드러냈다.

하나같이 고수들.

고작해야 머릿수나 채우려고 동원되었다가 진영언에게 박살난 산적들과는 기세 자체가 아예 비교되지 않는다.

강북 녹림십팔채(江北綠林十八寨)!

강북 녹림에 속한 무수히 많은 산채들 중 가장 막강한 열여덟 산채를 이르는 명칭이다. 지금 모습을 보인 녹의인들이 속한 곳이기도 하다.

그중 우두머리인 자가 부상자 천지인 싸움터를 스윽 한차례 훑어보곤 바닥에 누워 신음하고 있는 주태에게 다가갔다. 피떡이 된 얼굴을 한 그의 정체를 알아볼 수 있었던 건 여전히 손에 쥐어져 있는 사슬낫 덕분이다.

주태를 내려다보는 눈빛이 차갑게 번들거린다.

"주태, 분명히 우리가 도착할 때까지 그냥 시간만 끌고 있으라고 했을 터인데?"

"누, 누구……."

"풍암채에서 나온 단섬도(斷閃刀) 안원이다."

"아……."

주태는 그저 한마디 알아듣기 힘든 신음을 흘려냈을 뿐 눈조차 제대로 뜨지 못했다.

그야말로 진영언에게 가장 심하게 당한 자였다. 아직 숨이 끊기지 않은 것만도 용하다고 할 만하다.

'생각보다 심하게 당했다. 얻어낼 수 있는 건 그리 많지 않겠어.'

안원은 한눈에 주태의 상세를 파악한 후 내심 고개를 가로저었다.

현 상황은 뻔했다. 주변에 널브러져 있는 자들의 당한 모습이 모든 걸 말해주고 있었다.

그때 안원과 달리 다른 부상자들 사이를 누비며 정보를 취합하고 있던 녹의인들이 다가들었다. 안원과 함께 강북 녹림 십팔채 중 으뜸인 풍암채가 자랑하는 고수인 오잔(五殘)이 그를 중심으로 모여든 것이다.

"개중 정신이 그럭저럭 괜찮은 자들한테 취합한 정보대로라면 홍염마녀가 이곳을 지나친 건 그리 오래되지 않았습니다. 기껏해야 한 식경 정도라고 사료됩니다."

"아쉽군. 한발 늦었어."

"아직 늦진 않았습니다. 지금이라도 서둔다면 꼬리를 붙잡을 수 있을 거라 사료됩니다."

"아니."

안원이 한차례 고개를 가로젓곤 말했다.

"홍염마녀 진영언은 세간에 알려진 것과 달리 권각무적 초삼제의 무학만 수습하지 않았다. 매우 뛰어난 경공을 익혔어. 지금부터 뒤를 쫓는다 해도 꼬리를 붙잡는다는 건 결코 쉬운 일은 아닐 것이다."

"그렇지만 이대로 산채로 돌아갔다가는 총표파자님의 진노를 살 것이 자명합니다."

"그렇겠지. 그년한테 당한 강북 녹림의 형제들이 한둘이 아니니까. 그래서 나는 이제부터 총표파자님의 진노를 사지 않을 다른 방도를 강구해 볼 작정이다."

"다른 방도라면……."

"홍염마녀 진영언의 뒤를 쫓아 서안에 들렀다가 우연히 북궁세가의 사람과 줄을 대게 되었다."

"예?"

안원의 말을 들은 나머지 오잔들이 해연히 놀란 표정을 지어 보였다.

천하사패 중 일좌인 서패 북궁세가!

이곳 섬서성에서는 법이나 다름없는 강력한 권력을 가지고 있는 곳이었다. 강북 녹림십팔채 전체가 달려들어도 결코 어깨를 나란히 할 수 없는 거대 세력인 것이다.

여태까지 원칙적으로 정파를 자처하고 있는 북궁세가에선 다른 사패와 마찬가지로 녹림을 백안시하고 있었다. 아예 안중에도 두지 않고 있다 함이 옳았다.

당연히 그런 곳과 어떻게든 줄을 댈 수 있다면 매우 큰 공적을 올리는 것이었다. 혹여 이번에 홍염마녀 진영언을 놓친다고 해도 전혀 문제될 게 없었다. 오히려 큰 상찬이 기다리고 있을 게 분명했다.

오잔의 막내인 단창쌍인(短槍雙刃) 소광이 눈을 빛내며 흥분된 어투로 말했다.

"대형, 어떻게 북궁세가의 사람과 줄을 댈 수 있었습니까? 사패, 그 빌어먹을 자식들은 우리 녹림을 무림 세력 취급도 안 하는 놈들인데……."

안원이 소광을 바라보며 입가에 차가운 미소를 담았다.

"사패가 제대로 취급을 하지 않는 게 우리 녹림뿐이겠느냐? 한때 정파제일이라 떠들어대던 구대문파도 그들의 안중에는 없을 것이다."

"그야 오 년 전에 구마련과 벌였던 대혈전에서 구대문파는 사패보다 훨씬 큰 피해를 입었으니까요."

"그래. 그 이후에 사패는 공공연히 무림을 사등분해서 나눠 가졌다. 그러나 그놈들도 본래 구린 구석이 있는 치들이다. 뒤를 보고 밑을 닦으려면 우리 같은 자들이 필요한 것이다."

"그럼……."

"이번에 우리가 할 일은 북궁세가의 구린내나는 밑을 닦아주고, 빚을 만들어놓는 거다."

"……."

안원의 단언에 소광을 비롯한 나머지 오잔이 천천히 고개를 끄덕여 보였다.

* * *

이틀 후.

관도에서 마을로 들어가는 길목.

운검은 오늘도 영호준을 이끌고 고픈 배를 추스르며 걷던 중 바위 위에 아무렇게나 누워서 하늘을 올려다보고 있는 진영언과 재회했다.

까닥까닥!

바위 위에 아무렇게나 올려져 있는 가느다랗고 늘씬한 두 다리가 이리저리 움직임을 보이고 있다.

무학에 대한 기본이 없는 자라면 그저 보기 좋은 광경, 일테면 흐뭇한 눈요깃감이다.

분명 그랬다.

하지만 무학적 관점에서 볼 땐 다르다.

지금 진영언이 하고 있는 행동은 일종의 살기를 띤 공격 전의 준비 동작에 가까웠다.

그녀의 발이 움직일 때마다 주변의 대기가 미세하게나마 물결 같은 파동을 일으키고 있었다. 그게 증거였다.

'이런 걸 두고 여난이라고 하는 건가? 그러고 보니 이번에 받아들인 제자 녀석의 얼굴이 제법 도화살깨나 꼬이게 생겼잖은가!'

힐끔.

얌전히 뒤를 따르던 영호준을 향해 운검이 한차례 곱지 않은 시선을 던졌다. 진영언과 이런 식으로 얽히게 된 결정적인 계기를 마련해 준 제자가 얄미웠다.

그때 진영언의 건들거리고 있던 교각이 움직임을 멈췄다.

거짓말 같은 변화다.

운검이 재빨리 영호준에게서 시선을 떼곤 자신을 향해 풀풀 살기를 뿌리고 있는 진영언의 발을 바라보며 말했다.

"소저, 우린 얼마 전 잘 헤어졌소. 다시 날 찾아와 싸움을 거는 이유가 뭐요?"

"한 가지 깜빡 잊었던 일이 생각났기 때문이다."

'뒤늦게나마 내 암향십삼탄에 발목을 얻어맞은 사실을 떠올렸구나!'

내심 눈살을 찌푸린 운검의 앞으로 갑자기 진영언이 훌쩍 뛰어내렸다.

스으.

여전히 바람에 흩날리는 꽃잎과 같은 신법이다. 무학을 보는 안목이 대단히 높은 운검조차 특별히 흠을 잡아내지 못할 정도로 동작 역시 깨끗하다.

"훌륭한 신법!"

운검은 허심탄회하게 칭찬의 말을 던졌다. 과거 화산파에서 무공교두를 하던 때의 버릇이 튀어나온 것이다.

진영언은 기뻐하지 않았다.

오히려 나직이 코웃음을 쳤다.

"흥! 훌륭한 신법? 겸양이 대단하시군. 암기를 던져서 내 발목을 퉁퉁 부어오르게 만든 실력자인 주제에!"

"암기?"

운검이 황당하다는 표정을 지으며 슬그머니 영호준의 앞을 자신의 몸으로 가로막았다. 얼굴 표정을 전혀 숨길 줄 모르는 영호준이 일을 망칠 것에 대비한 행동이다.

영호준은 감격했다.

'사부님이 내 앞을 가로막고 보호해 주시는구나!'

진영언은 운검의 평범하면서도 속되지 않은 움직임에 주목했다.

'그리 빠르진 않지만 정확하고 군더더기없이 방위를 점하고 움직였다! 필경 보기보다 이름 높은 보신경이 틀림없다!'

운검이 눈을 빛내는 진영언에게 말했다.

"소저, 보시다시피 나는 평범한 사람이오. 어찌 소저와 같은 무림고수의 발목을 공격할 수 있겠소?"

"잡아떼시겠다?"

"잡아떼는 게 아니라 세상의 평범한 이치에 대해 설명하는 것이오."

"당시 내 발목을 공격할 수 있었던 사람은 그쪽밖엔 없었을 터. 어떻게, 어떤 방식으로 공격할 수 있었는지는 모르겠지만 네가 범인인 건 분명하다!"

"하하, 이런……."

운검이 헛웃음과 함께 말끝을 흐렸다. 진영언의 확신 어린 태도에 기가 막힌 듯한 표정이다.

꿈틀.

진영언의 아미가 치켜 올라갔다. 운검을 기다리고 있는 동안 가슴속에 쌓였던 울화가 다시 부글거리며 끓어오르기 시작한 것이다.

일촉즉발의 순간!

운검이 갑자기 입가에 매달려 있던 미소를 지우고 목소리를 슬며시 낮췄다.

"소저, 사실 나는 범인을 알고 있소."

"범인?"

"그렇소. 소저의 발목에 암기를 던진 범인 말이오."

"누구지?"

"그건 바로 내 제자의 의형이 되는 사람이오."

말을 마친 운검이 갑자기 등 뒤에 서 있던 영호준을 홱 잡아당겨 진영언의 앞에 내놨다. 마치 자신이 한 말의 증거라도 제출한 것 같은 행동이다.

'당시 내 권각에 얻어맞아 나뒹군 산적 새끼들을 빼놓고 부근에 있던 건 이 사제가 전부다. 내 감각이 그렇게 말을 하고 있었어. 그런데 내가 모르는 또 다른 자가 몰래 숨어 있었단 말인가?'

진영언은 마음이 크게 혼란스러웠다. 운검이 한 말이 너무나도 그녀의 의표를 찌르는 것이었기 때문이다.

운검이 첨언하듯 말했다.

"이 녀석의 얼굴을 보면 알겠지만, 유유상종이라고 내 제자의 의형도 무척 잘생겼소이다. 세상에 그런 미청년이 없지요."

"무슨 수작이냐?"

"수작이라니……."

"어째서 미청년 운운하는 것이냔 말이다!"

"그야……."

잠시 말끝을 흐렸던 운검이 입가에 묘한 미소를 담았다.

"혹시 아직도 그 친구가 이 근처에 있다면, 소저가 내 설명을 듣고서 쉽사리 찾을 수 있지 않겠소이까?"

"그래서 내게 인상착의를 설명해 주려 했단 거냐?"

"그렇소이다. 내 소저가 원한다면 실력은 없지만 용모파기 같은 것도 그려줄 수 있소이다."

운검이 이렇게까지 말하자 진영언은 마음이 살짝 흔들렸다. 녹림의 이름난 여걸임에도 운검의 태연자약한 모습 속에서 어떠한 파탄도 찾아낼 수 없었기 때문이다.

'게다가 이 능글맞은 자식의 말대로 저 소형제는 제법 잘생겼어. 나이가 나보다 좀 어린 게 아쉬웠는데, 의형의 용모가 더 낫다니…….'

혼기가 꽉 찬 이십대 초반의 나이.

잘생긴 사내에게 호감이 가는 건 어쩔 수 없는 일이다.

진영언의 시선이 자신도 모르게 영호준의 잘생긴 얼굴을 훑어갔다.

녹림.

산도적들의 집단답게 영호준처럼 잘생긴 청년은 극히 보기 드물다. 진영언이 사내에게 관심을 가질 정도로 나이가 들고서는 단 한 명도 본 적이 없다.

그래서 영호준보다 잘생겼다는 그의 의형에게 관심이 쏠린다. 자신의 다리에 몰래 암습을 가할 정도로 무공 또한 고강하니 한번 얼굴이라도 보고 싶다.

"용모파기는 됐다. 그 소형제의 의형을 찾을 때까지 나는 너희와 동행할 테니까."

"그건……."

"안 된다는 말은 마라!"

단호한 진영언의 말에 운검이 입가에 가벼운 한숨을 담았다. 진영언의 합류로 왠지 앞으로 귀찮은 일이 더욱 늘어날 것 같은 불길한 생각이 뇌리를 스쳐 갔다.

잠시 후.

진영언이 가세한 운검 일행은 고릉(高陵) 외곽의 저잣거리에 당도하게 되었다.

근래 관도 부근만 이 잡듯 뒤지고 다녔다.

어린 시절의 흐릿한 기억에만 의존해 집으로 가는 길을 찾고 있었기에 그랬다.

갑자기 번화한 저잣거리에 들어서게 되자 운검의 시선이 굶주린 맹수처럼 번뜩였다. 진영언을 만나기 한참 전부터 찰싹 달라붙어 있던 배 역시 격렬할 울부짖음을 터뜨렸다.

꼬르륵!

운검과 함께 어깨를 나란히 하고 걷고 있던 진영언이 입가에 피식 미소를 담았다.

"하늘 무너지겠군."

운검이 퉁명스럽게 대꾸한다.

"변변찮은 제자 녀석이 며칠간 제대로 봉양을 못했을뿐더러, 중간에 불청객을 만나서 여태까지 아무것도 먹지 못했소. 이 정도는 아무것도 아니지 않겠소?"

"말속에 뼈가 담겨 있군."

"목엔 걸리지 않을 테니 걱정하지 마시오."

"……."

운검의 연달은 퉁명스런 대꾸에 진영언이 눈꼬리를 슬쩍 치켜 올렸다.

다른 때 같았으면 당장 손발이 날아갔을 터다.

이 정도로 버릇없는 말과 행동을 마냥 참아줄 그녀가 아니다.

다만 지금은 그다지 그런 마음이 들지 않았다. 하루 중 가장 너그러워져 있을 때였다. 그게 그녀가 운검의 되바라진 말을 참고 있는 유일한 이유였다.

'함께하는 동안 몰래 살펴본 결과 이자에게선 어떠한 내공진기도 느껴지지 않았다. 제자라는 소형제도 마찬가지고. 그렇다면 정말 그가 한 말이 맞는 것일까?'

문득 조용히 두 사람의 뒤를 따르고 있는 영호준에게 시선을 던진 진영언의 얼굴에 살짝 기대감이 어렸다. 진짜 오랜만에 자신의 방심을 뒤흔들 만한 진짜 미남자를 만나게 될지도 모른다는 생각 때문이다.

그때다. 운검이 갑자기 소리를 질렀다.

"반점이다!"

진영언이 천천히 영호준에게서 시선을 떼고 소리를 친 운검을 살폈다. 그와 만난 후 이처럼 기뻐하는 모습을 본 적이 없었다. 궁금증이 일지 않을 수 없다.

'그저 평범한 반점이잖아! 혹시 내가 모르는 특별한 점이 있는 것일까?'

진영언은 꽤나 솔직한 여자다. 속에 무언가를 담아두는 성격이 아니란 뜻이다.

"저 반점이 뭔가 특별한 게 있는 거냐?"

"소면을 팔잖소."

"소면? 그야 웬만한 반점에서는 다 팔잖아. 그리 맛도 없는 건데……."

"하지만 싸지."

"응?"

"소면처럼 양이 많으면서도 싼 음식은 그리 많지 않소. 게다가 저 반점은 소면의 가격이 철전 한 푼이라고 써져 있소. 다른 반점보다 더욱 싸지."

'이 녀석…….'

진영언은 비로소 운검의 행색에 눈이 갔다.

누더기를 겨우 면한 차림.

확실히 돈이 많아 보이진 않는다.

진영언의 그 같은 생각 따윈 아랑곳없이 운검은 영호준과 함께 눈앞에 보이는 반점으로 얼른 달려갔다. 본래는 민가에서 밥을 얻어먹을 작정이었으나 지금은 깨끗이 계획을 바꿨다.

'한동안 동행을 하겠다고? 확실한 돈줄을 잡게 되었으니, 오랜만에 반점을 이용하는 것도 나쁘진 않을 테지!'

운검은 침을 삼키며 반점으로 향했다.

영호준은 아무 생각 없는 표정으로 그의 뒤를 따랐다.

진영언 역시 잠시 두 사제를 지켜보다가 걸음을 옮겼다. 그녀는 꿈에도 자신의 가치가 돈줄이란 것을 짐작하지 못하고 있었다.

청수반점(清水飯店).

반점의 뒤에 흘러가고 있는 작은 개울을 고려해서 지어진 게 분명해 보이는 이름이다.

삐걱!

반점 안으로 들어선 순간 운검의 동공이 살짝 커졌다. 갑자기 자신을 향해 파고든 수십 개나 되는 기파에 전신이 따끔거려 왔기 때문이다.

'내가기공을 이용한 기파… 하나같이 범상치 않은 무위를 지닌 자들이다!'

운검은 잠시 고심했다, 이대로 발걸음을 돌려서 반점을 나가는 것을.

이미 오늘은 강남 녹림의 총표파자인 진영언을 만났다.

다시 한 떼의 범상치 않은 무위를 지닌 무림인들과 같은 공간에 있게 되는 건 그리 온당치 못했다. 어떤 식으로든 사고가 일어날 우려가 다분했다.

하지만 운검의 배가 다시금 서글픈 울음을 토해냈다.

철전 한 푼에 소면을 파는 반점을 찾는 것도 그리 쉬워 보이진 않았다. 그게 운검의 발길을 잡아끌었다.

그때 입구 쪽에서 머뭇거리고 있는 운검을 따라 영호준과 진영언이 연달아 반점 안으로 들어섰다.

여전히 아무 생각이 없어 보이는 영호준과 달리 진영언은 운검처럼 슬쩍 놀란 기색이 되었다.

그녀 역시 운검과 마찬가지로 한 떼의 기파가 파고드는 걸 반점 안에 들어서자마자 느낄 수 있었다.

'이 정도 기파를 발출하려면 최소한 내가기공이 일류의 수준에 이르러야만 한다. 도대체 어떤 곳의 무사들이기에 이렇게 떼거리로 기파를 발할 수 있단 말인가!'

진영언의 시선이 빠르게 반점 내부를 훑다가 한데 모여 앉아 있는 한 떼의 무사들을 발견했다.

천하지도(天下之道) 193

백의무복을 걸친 수려한 백안의 미남자와 그를 중심으로 진형을 갖추듯 착석해 있는 십수 명의 무사들!

 그중에서도 각진 얼굴에 전형적인 무인의 행색을 하고 있는 중년인이 눈에 띈다.

 갑작스런 기파에 경계심이 높아진 탓인지 굉장한 미남자인 백의청년보다 중년인 쪽이 더 인상이 깊게 남는다.

 실제 무림인의 관점으로 볼 때도 그렇다.

 중년인 쪽이 더욱 강한 존재감을 발하고 있었다.

 '모두 도(刀)를 사용하는군. 섬서성에서 도를 저렇게 대놓고 사용하는 문파가 어디더라······.'

 진영언의 뇌리로 곧 한 문파의 이름이 떠올랐다.

 그때 운검이 결국 마음의 결정을 내렸는지 영호준과 함께 천천히 구석진 자리를 잡고 앉았다. 기세등등하던 진영언이 반점 안의 무사들을 보고 꺼리는 모습을 보고 갑자기 좋은 생각이 뇌리를 스쳐 간 까닭이다.

 진영언이 얼른 운검을 좇아 맞은편에 앉았다. 그녀의 시선이 운검을 향한다 싶더니 입술이 천천히 달싹여졌다. 뇌리에서 공명하듯 목소리가 들려온다.

 "저 녀석들, 서패 북궁세가 소속이 맞지?"

 '전음입밀도 사용할 줄 아는가? 녹림도 주제에 내공이 제법 대단하다고 생각은 했지만 사문이 어떤 곳인지 궁금하군.'

전음입밀!

줄여서 전음이라고도 불리는 이 기술은 정순한 내공을 이용해서 상대에게 자신의 뜻을 전하는 데 이용된다. 내공진기를 누에 실처럼 가늘게 입으로 뽑아내서 상대의 귀로 전달하는 방식으로 비밀 대화를 나눌 수 있는 것이다.

운검이 탁자 위에 손가락으로 글자 하나를 적었다.

시(是:옳다)!

'역시 그렇군! 그러니 저리 기세등등하고 안하무인한 행동을 하는 것일 테지. 재수없는 사패 자식들!'

진영언이 은근슬쩍 북궁세가 무인들을 향해 눈을 흘겼다.

강남이라곤 해도 그녀는 녹림에 속한 자다.

평상시 녹림이나 흑도를 마도 이상으로 경원시하는 사패에 대해 좋은 감정을 가지고 있을 리 없었다. 만약 이곳이 북궁세가의 안방이나 다름없는 섬서성이 아니라면 먼저 달려들어서 시비를 걸고 사고를 쳤을 수도 있다.

운검이 그 같은 진영언의 반응을 살피곤 몰래 입가에 흐릿한 미소를 담았다.

역시 예상대로다.

세상 무서운 줄 모르던 진영언도 사패에 속한 북궁세가엔 다소 꺼리는 빛을 보이고 있었다.

'마침 저 북궁세가의 무리엔 아주 잘생긴 청년이 포함되어 있군. 잘하면 이 성질 사나운 여인을 손 안 대고 떼어낼 수도 있겠어.'

운검의 시선이 북궁세가 측 무인들의 가운데 홀로 고독을 씹고 있는 미청년을 향했다. 의미심장한 미소가 계속 입가를 감돌고 있다.

꼬르륵!

다시 뱃속에서 우는 소리가 터져 나왔다. 얼른 입가의 미소를 지운 운검이 진영언에게 말했다.

"밥값은 소저가 내시오."

"어째서 내가 밥값을 내야 하지?"

"나는 일테면 지금 소저에게 고용된 몸이라 할 수 있소. 당연히 밥 정도는 사줘야 하는 게 아니겠소?"

"…소면이면 되나?"

"좀 더 비싼 걸 사줘도 상관은 없소."

운검의 천연덕스런 대답에 진영언이 한차례 인상을 써 보이곤 손을 들어 점소이를 불렀다.

"여기 이 집에서 가장 잘하는 요리하고 술 한 병 가져와!"

"예이!"

계속 북궁세가 무사들과 주방 사이를 빠르게 오고 가며 시중을 들고 있던 점소이가 목청 높여 대답했다.

그 광경을 본 운검이 영호준에게 진지한 표정으로 말했다.

"준아, 이 사부의 첫 번째 가르침을 명심해라!"
"예, 사부님!"
"세상에는 결코 공짜가 없다. 어떤 일을 벌이든 반드시 대가를 치러야만 하니까 뭘 하든 먼저 생각이란 걸 해야 하는 것이다."
"명심하겠습니다!"
"그래, 너는 좀 많이 명심해야만 한다. 그리고 또 한 가지 명심할 건 보기에 좋은 떡이 먹기도 좋다는 말이다."
"예?"
"항상 남과 다투려 하지 않고 인상을 좋게 가꿔야만 한다는 말이다. 그래야 남에게 잘 얻어먹을 수 있지 않겠느냐. 오늘의 이 가르침을 너는 앞으로 반드시 명심해야만 할 것이다!"
"사, 사부님, 그건 설마 제가 앞으로 계속 구걸을 해야 한다는 말입니까? 그건 좀······."
"구걸이라니!"
목청을 높여 영호준의 말을 끊은 운검이 진지한 표정으로 말했다.
"마음씨 좋은 부인들에게 정중하게 부탁한 후 밥을 얻어오는 건 절대로 구걸이 아니다. 그냥 협조를 조금 받는 거지. 그게 싫다면 이 사부처럼 천하지도(天下之道)를 통달하던가."
"처, 천하지도요?"

"그래, 세상의 이치 말이다."

"……."

영호준이 운검을 바라보며 눈을 깜빡거렸다. 일시 운검이 한 말이 농담인지 진담인지 분간키가 어려웠다.

운검은 개의치 않았다.

그는 영호준에게 첫 번째 내린 가르침에 만족하곤 묵묵히 점소이가 요리를 날라오길 기다렸다.

앞에 앉은 진영언이 북궁세가의 무사들 쪽에 은근히 심력을 쏟고 있는 것 역시 전혀 아랑곳하지 않았다. 완전히 관심 밖이었기 때문이다.

신경이 날카로워진 건 진영언뿐은 아니었다.

북궁세가 측에서도 청수반점에 들어선 운검 일행에 관심을 기울이고 있는 자가 있었다.

보름 전.

북궁세가의 삼공자인 북궁휘를 호위한 채 서안을 떠나온 북풍단 부단주 추풍광도 염무극이었다. 그는 여느 여인들과 다른 진영언의 몸매가 그대로 드러나는 붉은 무복을 살피며 눈에 이채를 담았다.

'무림인. 그것도 붉은 옷을 입은 여인은 제법 고수다. 수하들의 기운에 몰래 숨겨서 발출한 내 기파를 수월하게 무산시키고 있어.'

서패 북궁세가에는 일전이각삼당사단(一殿二閣三堂四團)의 조직이 존재한다. 그중 북풍단은 타 방파와의 분쟁 시 최전선에 나서는 사단 중 으뜸이었다.

당연히 북풍단 소속의 무인들은 하나같이 수준 높은 무위를 지니고 있었다. 일개 무사라도 웬만한 방파의 주력과 맞겨뤄서 결코 밀리지 않을 정도였다.

하물며 염무극은 그런 곳의 부단주였다. 무위로만 보면 다른 삼단의 단주 급과도 비등했다. 무림에서 말하는 절정의 경지를 엿보고 있는 것이다.

염무극이 진영언 쪽으로 자꾸 시선을 던지자 그의 맞은편에 앉아 있던 북궁휘가 점잖게 말했다.

"염 부단주, 그 같은 행동은 실례입니다."

"예?"

염무극이 북궁휘를 바라봤다. 황당하다는 기색이 얼굴에 완연하다.

북궁휘가 천천히 고개를 가로저었다.

"저 소저는 녹림과 관계가 있는 것 같긴 하나 마도 쪽의 무공을 익히진 않았습니다. 단지 식사를 하러 온 것뿐이니, 그냥 놔두는 편이 옳을 거라 생각합니다."

"삼공자님, 방금 전에 녹림이라고 하셨습니까?"

"예, 그것도 남방 쪽 같군요."

'도대체 뭘 보고?'

염무극이 북궁휘의 확언에 얼굴을 가볍게 찌푸려 보였다. 그가 알기로 북궁휘는 이번이 첫 강호행이다.

최전선에서 여태까지 북궁세가를 위해서 싸워왔던 염무극조차 파악치 못한 사실을 대수롭지 않게 말하자 의혹을 느끼지 않을 수 없다.

북궁휘가 염무극의 그 같은 마음을 읽은 듯 첨언했다.

"저 소저는 옆이 툭 터진 나군을 걸쳤는데, 북방이 아니라 남방 쪽에서 유행하는 옷입니다. 그리고 바깥 자리를 잡고 앉았는데, 녹림도의 습성입니다. 언제든 시비가 붙거나 문제가 발생하면 재빨리 자리를 박차고 일어나기 위함이지요."

"삼공자님, 그런 걸 어떻게 아셨습니까?"

"본가의 폐관수련실에는 무공비급 외에 강호의 제방파의 연혁이나 습성에 관해 수록해 놓은 책자가 다수 있습니다. 무공 수련을 하는 틈틈이 읽어봤을 뿐입니다."

'다른 공자나 아가씨는 무공 수련하는 데 바빠서 그런 데는 신경조차 쓰지 않은 걸로 아는데… 정말 삼공자는 무공 수련을 어지간히도 하기 싫어했구나…….'

염무극은 북궁세가에서 북궁휘가 어떤 존재인지 꽤나 잘 알고 있었다. 총관 유성월의 밀명 역시 받아놓은 상태였다. 이제 와서 좋은 마음을 품을 리 만무했다.

한차례 고개를 끄덕이곤 더 이상 말을 하지 않는 염무극의 태도를 본 북궁휘가 내심 몰래 한숨을 내쉬었다. 여태까지처럼 그가 자신의 말을 무시하고 있음을 알 수 있었기 때문이다.

'내가 가문의 진도(眞刀)를 제대로 익힐 수만 있었다면… 그럴 수만 있었다면…….'

북궁휘가 무가의 후예답지 않게 가늘고 섬세한 주먹에 지그시 힘을 쥐어 보였다. 그게 지금 그가 할 수 있는 일의 전부였다. 그것밖엔 없었다.

第七章

월야난투(月夜亂鬪)
달 밝은 밤에는 죽도록 싸워보는 것도 나쁘지 않다

華山
劍宗

운검은 정신없이 음식을 먹어댔다.

이렇게 잔뜩 기름기를 섭취해 본 적이 언제적이던가. 기억조차 나지 않는다. 어렵사리 찾아온 기회를 놓친다는 건 있을 수 없는 일이었다.

점소이가 날라온 요리 몇 가지가 순식간에 사라졌다. 거의 대부분 운검의 입속으로 들어갔다.

그런 운검을 잠시 멍청하게 바라보던 진영언이 들고 있던 젓가락을 탁자 위에 내려놨다.

탁!

운검의 옆에서 천천히 음식을 먹고 있던 영호준이 흠칫 놀란 표정으로 진영언을 바라봤다.

평생 본 중에 가장 강한 무인!

영호준에게 있어 진영언은 이미 그렇게 각인되어 있었다. 그녀의 심사가 불편해 보이자 두 눈을 깜빡이며 걱정스런 표정이 되었다.

그러나 운검은 여전히 아랑곳없다.

그는 결국 네 접시째 요리인 고추볶음까지 깨끗이 전병에 싸 먹고서야 비로소 식사를 마쳤다.

얼굴 가득 엿보이는 만족스런 표정.

아랫배를 슬슬 어루만지며 의자의 등받이에 몸을 기대는 운검의 모습에 진영언이 눈에 살기를 담았다.

"소면이 그렇게 좋다면서? 잘도 내가 시킨 요리를 싹싹 긁어 먹는군."

"소저는 어째서 식사를 그리 조금밖에 하지 않았소? 술도 그리 많이 마시지 않고."

운검이 진영언 앞에 놓여져 있던 술병을 냉큼 들었다. 한차례 흔드니 찰랑거리는 소리가 들린다. 절반 이상이나 남아 있는 것이다.

"이 좋은 걸… 아깝게시리……."

운검이 요리를 먹을 때처럼 진영언에게 한마디 상의도 없이 술병을 입으로 가져갔다. 진정한 술꾼들이나 한다는 술병째 마시기에 도전하려는 것 같다.

탁!

운검은 성공하지 못했다.

어느새 진영언이 손을 뻗어 그의 입에 주호가 닿기 전에 술병을 빼앗아 버린 것이다. 웬만한 무인조차 어떻게 손을 썼는지 알아차리지 못할 정도로 빠른 수법이다.

"이 술은 내가 먹던 거야! 어딜 더러운 입을 가져다 대는 거야!"

"쩝!"

입맛을 다시며 아쉬운 표정을 지어 보인 운검이 시선을 슬며시 옆으로 돌렸다.

까닥!

얼른 탁자 밑으로 내린 손의 미묘한 움직임. 능수능란의 경지에 올라 있는 난화불혈수의 동작이다.

'위험했다! 나도 모르게 난화불혈수를 펼쳐서 완혈을 찍어 버릴 뻔했어!'

화산파의 수많은 절학!

자하신공을 잃어버려 내공 운용이 필요한 상승 부분은 사용치 못하나 운검의 몸은 요결에 따른 각종 변화와 동작을 완벽하게 기억하고 있었다.

각인이라 해도 과언이 아니다.

당연히 진영언 같은 절정고수가 절기를 내보이자 자신도 모르게 몸이 먼저 반응을 보였다. 달인에 이른 자만이 가질 수 있는 약점이라 할 수 있다.

 어쨌든 운검은 난화불혈수를 펼치는 걸 가까스로 참아냈다. 실수로라도 화산파의 무공을 내보이지 않은 것이다. 그때 진영언이 갑자기 입가에 차가운 냉소를 매달았다.

 "흥! 결국 무게만 잡다가 떠나가는군."

 "응?"

 운검은 진영언의 말을 듣고서 북궁세가 일행이 반점을 우르르 빠져나가는 광경을 바라봤다.

 다수가 한꺼번에 이동하는 데도 절도있는 움직임!

 과연 사패 중 일좌인 북궁세가의 무사들다운 모습이다.

 '그런데 어째 저 잘생긴 청년은 표정이 어둡군. 마치 내가 지난 오 년간 화산에서 보냈을 때같이······.'

 화산에서의 오 년간.

 운검은 시퍼렇게 날이 서 있던 사형들과 사질들의 차가운 눈빛과 비난을 묵묵히 감내해야만 했었다. 변명조차 하지 못하고 울분조차 토로할 수 없었다.

 그런 나날의 연속이었다.

 당연히 다시는 떠올리고 싶지 않은 기억이다. 여태까지 애써 잊어버리려 노력했다. 그래 왔었다. 그런데 지금 다시 운검은 그때의 감정을 다시 느끼고 있었다. 눈앞을 스쳐 간 북궁휘의 상념 한 자락에 동화되어 버린 까닭이다.

 꿈질!

운검은 콧잔등에 주름이 잡았다. 북궁휘의 우울한 상념이 머릿속 한구석에 눌어붙어 쉽사리 떠나지 않았다.

그때 진영언이 손뼉을 쳤다.

짝!

"이봐, 무슨 생각을 그리하는 거야?"

"아……."

"아가 아냐! 웬 딴생각이 그리 많아? 혹시 저 북궁세가 녀석들하고 관련이라도 있는 거야?"

"그걸 어떻게 알았소?"

운검이 놀란 표정을 지어 보이자 진영언의 두 눈이 반짝 빛을 발했다. 그냥 아무 생각 없이 찔러봤을 뿐인데 예상 밖의 반응을 보인다.

문득 뇌리를 스치는 생각 하나.

"설마하니 내 다리에 암기를 던진 자가 북궁세가의 사람인 건 아니겠지?"

"왜 아니겠소."

"뭐!"

"내 말했잖소. 내 제자의 의형은 매우 잘생겼다고."

운검은 천연덕스레 말하곤 찻잔을 들어 올렸다. 술을 못 빼앗았으니, 차로라도 입 안을 헹구려는 것이다.

탁!

진영언이 손을 내밀어 운검의 찻잔을 쳐내곤 나직이 냉소했다.

"흥! 감히 날 속이려 하다니, 정말 배짱 하나 좋구나!"

"내가 뭘 속였다는 거요?"

진영언의 시선이 영호준을 한차례 쳐다보곤 다시 운검을 향했다.

"어찌 북궁세가의 사람과 연관이 있는 소형제가 너 같은 한심한 인간의 제자가 될 수 있겠느냐? 더군다나 북궁세가에 속한 자들 중에 너희 사제와 안면이 있는 자는 아무도 없었다!"

"그야 내가 먼저 반점 안에 들어선 후에 눈치를 줬으니까 그런 거 아니겠소?"

"어째서?"

"북궁세가는 바쁘오. 우리같이 별 할 일 없는 사람들처럼 시간이 남아돌진 않소. 게다가 북궁세가의 그 친구는 소저와 별로 다시 만나고 싶진 않은 눈치더군. 그래서 그냥 모른 척 하기로 합의를 본 것이오."

"그 짧은 순간에?"

"그리 짧은 시간도 아니었소."

"……"

진영언의 두 눈이 운검의 속마음을 낱낱이 파헤치기라도 하려는 듯 번득였다.

운검에겐 이런 건 일상이나 다름없는 일이었다. 지난 오 년간 화산에서 경험해 볼 만큼 해봤다.

'하지만 그렇게 생각하기엔 소형제의 무공 실력이 지나치게 형편없다. 그는 제대로 된 내공심법조차 익히지 못했어. 사부 되는 자는 필시 뭔가 한칼을 숨기고 있는 자지만……'

데굴.

진영언이 눈을 살짝 옆으로 굴리곤 입가에 차가운 미소를 만들어냈다.

"역시 나는 그렇게 공교로운 일이 있으리라곤 못 믿겠다! 너는 지금 거짓말을 하고 있어!"

"사실 소저의 말이 맞소."

"뭐?"

"소저의 말처럼 내가 거짓말을 했다는 거요. 북궁세가의 무사들을 보고 그들의 위명을 이용해서 소저를 떼어내야겠다고 마음먹었거든."

"……"

진영언은 마음이 크게 혼란스러워졌다. 천연덕스레 거짓말을 했다고 고백하는 운검의 말에 오히려 마음속 한 켠에서 작은 의심이 샘솟은 것이다.

홀짝!

그사이 진영언의 앞에 놓여져 있던 찻잔을 집어 든 운검이 오랜만에 먹은 요리로 느끼해진 입 안을 찻물로 헹궜다. 기름기가 싹 가시는 느낌이 여간 좋지 않다.

밤.

진영언의 주장에 의해 운검 일행은 고릉 근처에서 하루 유숙을 하게 되었다.

물론 숙박료는 이번에도 진영언 몫이었다. 그리하지 않으면 결코 객점에 들지 않겠다는 운검의 주장에 고집스런 진영언이 말려 버린 까닭이다.

데굴데굴…….

운검은 오랜만에 누워보는 침상의 즐거움을 한동안 만끽하고 있었다.

화산을 떠난 후 풍찬노숙(風餐露宿)의 연속이었다. 여비를 한 푼이라도 아끼느라 그리하였다. 이렇게 편한 밤을 보내게 되었으니, 조금쯤 즐겨도 상관없을 듯하다.

그때다. 갑자기 부근에 가부좌를 틀고 앉아 있던 영호준이 볼멘 목소리로 말했다.

"사부님, 벌써 사흘째인데요. 저는 오늘 밤도 계속 이렇게 앉아 있어야만 하는 겁니까?"

"그래."

운검의 대답은 몰인정하다.

충격받은 얼굴이 된 영호준이 더듬거리며 물었다.

"어째서 그래야만 하는 겁니까? 서, 설마 벌을 주시는 겁니까?"

"벌?"

"예, 낮에 제가 사부님 말을 어겨서 진 소저와 얽히게 됐다고 화를 내셨잖아요."

"그것도 그렇군."

"역시……."

얼굴을 붉히며 울상을 지어 보이는 영호준의 모습에 운검이 입술 새로 픽 웃음을 흘렸다.

이젠 기억조차 까마득해진 과거의 어떤 날!

처음으로 사부 현명 진인에게 내공의 기초를 전수받던 때가 떠오른다. 당시 그 역시 영호준처럼 툴툴거렸었다. 내공 수련의 기초를 다듬는 게 무척이나 힘들었기 때문이다.

좌공(坐功).

내공 수련의 초입이자 기초다.

더불어 기감을 느끼기 위한 첫 번째 관문이 가장 어렵다.

바르게 정좌하고 앉아서 정신을 집중하기란 생각 이상의 고역이었다. 특히 한참 제멋대로 뛰어놀 나이의 어린아이에겐 더욱 그렇다.

'몇 번이나 두들겨 맞았지. 처음에는 훈도만 하시던 사부님께서 두 번째부터는 가차없이 몽둥이를 드셨다. 꼭 몽둥이로 엉덩이만 때리셨어.'

근골을 다치지 않게 하려는 의도였다.

그랬다.

사부 현명 진인은 그렇게 뒤늦게 맞아들인 막내 제자 운검에게 커다란 기대를 가지고 있었다. 고작해야 다섯 살밖에 안 된 어린아이에게 화산파의 미래를 맡기고자 했었다.

흔들.

고개를 한차례 흔드는 것으로 사부 현명 진인에 대한 상념을 지워 버린 운검의 목소리가 퉁명스러워졌다.

"네놈은 비록 근골이 괜찮고 어려서부터 연골(練骨)의 수련을 거치긴 했지만, 축기(蓄氣) 따윈 한 번도 해본 적이 없다. 그래서 전혀 무공을 연마하지 않은 일반인처럼 혈맥이 탁해지고 굳어버렸어."

"추, 축기라면… 내공 수련을 말씀하시는 겁니까?"

"그래."

운검의 말이 떨어지자마자 영호준의 얼굴이 확 바뀌었다. 언제 불만 어린 표정을 하고 있었냐는 듯 안색을 붉히고 두 눈을 또랑또랑하게 떴다.

'알기 쉬운 놈…….'

내심 피식 웃어 보인 운검이 설명을 계속했다.

"연골은 외공의 기본이고 축기는 내공의 첫걸음이다. 한 살이라도 어릴 때 그 두 가지를 이뤄야만 상승절학을 이룰 수가 있다. 그런데 네 녀석은 연골의 단계를 이룬 후 몇 가지 권각의 잔재주만 배웠기에 기초가 아주 부족하다. 지금부터 다시 축기를 시작해서 상승절학을 이루려면 부단한 노력이 필요할 것이다. 지금 하고 있는 건 그 같은 기본을 다지는 일이니, 군소리 말고 시키는 대로 해!"

"제자, 명심하겠습니다! 사부님의 기대를 저버리지 않기 위해 최선을 다하겠습니다!"

"그래? 그럼 앞으로도 밤마다 누워서 잘 생각은 말고 좌공의 기본을 다지는 데 노력하도록 해라!"

"예!"

영호준이 목청 높여 대답했다.

그 모습을 보고 입가에 다시 피식 웃음을 매달던 운검의 얼굴에 가벼운 아쉬움이 스쳐 갔다. 영호준의 나이가 적지 않아서 지금부터 부단히 수련을 쌓아도 무공이 절정까진 이르지 못하리란 생각 때문이다.

'혹시 내가 자하신공을 잃지 않았다면 좋았을 것을. 아니면 희세의 영약 같은 거라도 있다면 자하신공의 진기도인법을 이용해서 막힌 혈맥을 뚫을 수 있을 텐데…….'

내심 중얼거리던 운검의 눈에 갑자기 이채가 떠올랐다. 천사심공이 또다시 제멋대로 움직임을 보였다. 평소와 다른 점이라면 이번엔 아주 유용한 정보란 거였다.

'역시 나가는군. 본래 녹림도나 양상군자들은 밤에 그다지 잠을 자지 않는 족속들이니까.'

슥!

운검이 방금 뇌리를 스치고 지나간 진영언의 내심을 떠올

월야난투(月夜亂鬪) 215

리곤 곧바로 침상에서 신형을 일으켰다. 그 역시 진영언의 말에 따라 행보를 늦춘 데는 이유가 있었다.

"사, 사부님······."

정신을 집중하느라 신경을 바짝 곤두세우고 있던 영호준이 흠칫 놀란 표정으로 운검을 바라봤다.

고독한 좌공 수련 중.

어둠 속에 홀로 앉아 있는 그의 유일한 위안은 사부 운검이 침상에 버티고 누워 있는 거였다. 갑자기 운검이 침상을 벗어나자 놀란 마음에 목소리가 떨려 나올 수밖에 없다.

운검은 냉정했다.

"내가 돌아올 때까지 그 자세, 그대로 유지하고 있어라! 만약 꾀를 부리면 진 소저 앞에서 엉덩이를 까고 두들겨 팰 테니까!"

'헉!'

영호준이 운검의 말을 듣고 입을 가볍게 벌렸다. 진영언 앞에서 엉덩이를 까인 채 두들겨 맞다니!

생각만 해도 끔찍하다.

픽!

운검이 그런 영호준을 한차례 돌아보고 방문을 열었다. 창을 통해 빠져나가도 되지만 그리하진 않았다. 귀찮다는 생각이 들었기 때문이다.

스으! 스아악!

교교하니 대지를 비추고 있는 달빛을 가르는 사 척 대도의 그림자 하나가 있다.

거영(巨影).

도의 크기로만 판단하자면 누구든 칠 척은 족히 되는 거한을 떠올리기 쉽다. 그만한 덩치가 아니고서야 어찌 이런 대도를 자신의 병기로 사용하려 하겠는가.

그러나 현실은 그렇지 않다.

사 척 대도의 주인은 육 척도 채 되지 않는 키에 호리호리한 몸매를 가진 백면의 미청년이었다. 대낮에 운검 일행과 마주친 일이 있는 서패 북궁세가의 삼공자 북궁휘가 바로 그 장본인이었다.

그는 여느 때처럼 밤중에 몰래 숙소를 빠져나왔다.

가문의 순혈을 이은 후계자라면 누구든 피할 수 없는 폐관 수련 이후 단 한차례도 걸러본 적이 없는 도법 수련을 하기 위함이었다.

민활한 대도의 움직임.

그가 지금 펼치고 있는 건 세간에서 천하제일도라 불리기도 하는 북궁세가의 가전도법인 창파도법(滄波刀法)이다.

패도의 극치!

창파도법은 절정에 이르면 도강(刀罡)을 푸른 물결처럼 중첩시킬 수 있다.

그 위력은 극강이란 한마디로 대변된다.

일도에 수십 겹의 강철 벽조차 산산조각 낸다. 수십 가닥으로 나뉘어 전광처럼 몰아치는 도강의 파도는 소름 끼칠 정도의 위력을 지니고 있었다.

하지만 그 같은 위력을 내기 위해서 창파도법은 강력한 내공의 뒷받침을 필요로 한다. 도강을 중첩시키는 패도적인 수법은 그 자체로 내공을 순식간에 소모시키는 단점을 지니고 있었기 때문이다.

그래서인가?

현재 북궁휘의 대도에는 도강은커녕 흔한 도기조차 어려 있지 않았다.

단순한 도형(刀形)의 연속.

북궁휘는 절세의 도법인 창파도법을 극히 평범하게 펼쳐 내고 있었다. 도기나 도강을 중첩시켜야만 제대로 된 위력을 낼 수 있는 도법을 무척이나 밋밋하게 펼치고 있는 것이다. 그게 지금 자신이 할 수 있는 일의 전부이기라도 한 것 같다.

문득 월광 아래 꾸준히 도영(刀影)을 만들어내고 있던 북궁휘의 입에서 푸른 한숨이 흘러나왔다. 창파도법의 백여 개나 되는 변초를 세 번째로 끝낸 직후의 일이다.

"하아!"

한숨 속에 담긴 건 깊은 시름이다.

뭔가 자신의 뜻대로 되지 않는 걸 억지로 하고 있는 자의 한탄이다. 달빛에 비추인 북궁휘의 얼굴에 담긴 고통의 표정이 분명한 목소리로 그리 말하고 있었다.

그것도 잠시, 그는 다시 수중의 대도를 곧추세웠다. 다시 네 번째로 창파도법을 펼치기 위함이었다.

그때다.

톡!

느닷없이 태산압정(泰山壓頂)과 흡사한 상단의 자세를 취하고 있던 대도의 도첨(刀尖)으로 돌멩이 하나가 날아와 박살났다.

그리 크지 않은 소리.

그와 달리 바닥으로 떨어져 내리는 건 먼지 부스러기뿐이다. 산산조각나다 못해 형체조차 남기지 못하고 소멸해 버린 돌멩이의 잔해다.

우웅!

도가 울었다. 그와 함께 북궁휘가 시선을 다른 곳처럼 월광이 떨어져 내리고 있는 동쪽으로 던졌다. 느닷없이 돌멩이가 날아든 방향이다.

그러자 갑자기 어둠 속에서 흐릿한 그림자 하나가 모습을 드러냈다. 얼마 전 진영언의 외출을 확인하고 묵고 있던 숙소를 빠져나온 운검이다.

훤칠한 키에 태연자약한 걸음걸이.

비록 겉에 걸친 건 거지나 다름없을 정도로 낡은 장포지만 운검의 기태가 범상치 않다고 북궁휘는 생각했다. 거의 십 장이나 되는 거리를 가로질러 상대의 면면을 살펴본 후 떠올린 판단이었다.

그의 입에서 무심한 목소리가 흘러나왔다.

"무림 중에는 금기가 하나 있소."

"타 문파나 타인의 연공(練功)을 훔쳐보거나 방해해선 안 된다?"

"그렇소. 그런데도 본인에게 돌을 던진 건 도전이라고 봐도 되겠소이까?"

"아니."

운검이 천천히 고개를 가로저었다. 북궁휘와 문답을 나누는 사이에도 꾸준히 걸음을 옮긴 그는 어느새 삼 장 안쪽까지 다가서 있었다.

'만약 손을 써야 한다면 지금이다! 하지만 저자한테서는 한 점의 내공이나 기파도 느껴지지 않으니, 쉽사리 손을 쓰기가 어렵구나.'

삼 장.

무림의 고수들에겐 지척이나 다름없는 거리다. 상대가 목숨을 맡겨도 상관없는 지인이 아니라면 이 같은 대치 상태에서 간격 안쪽을 허락하진 않는다.

그게 정석이다.

다만 북궁휘는 여느 고수들처럼 감각을 활성화시켜서 운

검을 살폈다. 그에게서 한 점의 내공조차 느껴지지 않음을 파악하고 나자 곧바로 손을 쓰기가 어렵다.

그러는 동안 둘 사이의 간격은 이 장까지 좁혀졌다. 그때 문득 북궁휘의 뇌리를 때린 생각 하나가 있다.

'방금 전 내 도첨을 때린 돌멩이에는 아무런 경력도 실려져 있지 않았다. 그래서 그냥 부숴 버리기만 하고 탄(彈)결을 이용해 튕겨내는 걸 자제했어. 그렇지만 어떻게 경력도 없는 돌멩이를 십 장 밖에서 정확하게 던져 낼 수 있는 거지?'

북궁휘의 눈이 곧바로 운검의 손을 향했다. 그가 암기의 고수란 생각에 손이 특별한 움직임을 보이는지 주목한 것이다. 운검이 그 같은 북궁휘의 내심을 곧바로 읽어냈다.

'생각했던 것보다 더 세심한 성격. 게다가 무공에 대한 이해 역시 범상치 않아……..'

슥!

운검이 북궁휘의 코앞에다 자신의 양손을 펴 보였다.

공수(空手).

운검의 활짝 펴진 양손에서 어떠한 특이점도 발견하지 못한 북궁휘가 비로소 의심을 풀었다.

달빛 아래 모습을 드러낸 운검의 웃음 띤 얼굴을 보자 왠지 모르게 마음이 차분해진다. 북궁세가에선 단 한 번도 느껴보지 못한 느낌이다.

운검이 어깨를 한차례 추어 보였다.

"방금 전의 그거… 북궁세가가 자랑하는 창파도법이 맞소이까?"

"음……."

운검의 갑작스런 질문에 북궁휘가 안색을 다시 딱딱하게 굳혔다. 가문의 비전인 창파도법을 알아보는 운검에게 다시 경계심이 든 까닭이다.

운검은 개의치 않았다.

"창파도법을 익힌 걸 보면 북궁세가의 자제일 테고… 그런데 어째서 도법에 담긴 내공은 그 꼴인 거요?"

"뭘 말하고 싶은 것이오?"

"북궁세가가 자랑하는 소천신공(所天神功)과 자신이 궁합이 맞지 않는다는 걸 알고 있는지를 묻고 있는 거요."

소천신공.

다른 말로 서패창파신공(西覇滄波神功)이라 불리기도 하는 북궁세가 최고의 내공심법이다. 창파도법은 이 패도적인 내공심법을 바탕으로 그 위력을 최대한 발휘할 수 있었다. 북궁세가를 서패로 올려놓은 양대절학 중 하나인 것이다.

북궁세가의 삼공자인 북궁휘 역시 어려서부터 소천신공을 수련했으나 여태까지 큰 성취를 보진 못했다. 운검의 말대로 그의 천성적인 체질과 소천신공의 패도적인 성질이 부합되지 않아서였다.

당연하달까?

운검의 한마디는 북궁휘의 상처난 가슴에 소금 한 움큼을 뿌리는 것과 다름없었다.
 꿈틀.
 북궁휘의 검미가 대번에 치켜 올라갔다. 뒤이은 목소리 역시 한기가 풀풀 날린다.
 "무례하군. 설마 내가 앞으로도 본 가의 절학인 소천신공을 제대로 익히지 못할 거라고 말하고 있는 것인가?"
 "물론."
 운검의 대답은 명쾌했다. 평소처럼 전혀 주저함이 없었다.
 꿈틀.
 북궁휘의 검미가 다시 한차례 위로 치켜 올라갔다. 그리고 그는 더 이상 참지 않았다.
 스으.
 순간적으로 창파도법의 기본인 정(丁) 자 자세를 허문 북궁휘가 지축을 찍듯이 차며 운검과의 거리를 좁혀갔다. 하늘을 가리키고 있던 그의 대도 역시 마찬가지다. 운검을 노리며 일도양단(一刀兩斷)하듯 떨어져 내렸다.
 '빨라!'
 운검은 아주 오랜만에 등골을 스쳐 가는 전율을 맛봤다. 오 년 만에 처음이다. 이렇게 소름 끼칠 정도로 강하고 빠른 공격에 직면한 것은.
 그는 간일발의 차로 대도의 일격을 피해냈다.

한 걸음.

최단의 거리를 선택해 파고든 대도를 피한 건 구궁보의 한 가지 변화다.

그것만으로 끝일 리 없다.

파곽!

운검의 다리가 표미각의 변화를 함유한 채 북궁휘의 옆구리를 파고들었다. 전력을 다한 일도양단의 허점을 확실하게 노리고 들어간 것이다.

그러나 순식간에 대도를 회수한 북궁휘는 어느새 운검의 배후로 돌아 들어가고 있었다.

유성삼전도(流星三電度).

북궁세가 가전의 보법으로 북궁휘는 운검의 반격을 무용지물화시켜 버렸다. 분명 그렇다고 생각했다.

한데, 이게 웬 기변인가!

막 운검의 허리를 횡으로 베어 들어가던 북궁휘의 안색이 대변했다. 그의 눈앞에서 갑자기 배후를 드러냈던 운검이 모습을 감춰 버린 까닭이다.

'이럴 경우, 한 가지밖엔 없다!'

북궁휘가 하늘로 시선을 던졌다.

수중의 대도 역시 쉬지 않았다. 곧바로 넓은 도신을 이용해 자신의 앞을 가로막았다. 순간적으로 내린 판단이다.

타탁!

북궁휘의 판단은 옳았다. 마치 유성삼전도의 변화를 미리 예측이라도 한 것처럼 운검은 구궁보에 이은 소엽퇴법으로 또 다른 반격을 시도했다.

 지잉!

 북궁휘는 도신으로부터 파고드는 진동에 가볍게 눈살을 찌푸렸다. 고통스러워서가 아니다.

 놀라운 운신법과는 달리 생각 밖으로 공격의 위력이 약하단 생각이 들어서다. 손끝을 통해 느껴지는 감각이 그같이 말하고 있다.

 '이자의 공격에는 내경이 거의 느껴지지 않는다. 그런데 어떻게 이런 움직임과 공격이 가능한 거지?'

 숨 가쁜 공방전 속에서도 북궁휘는 의혹을 금할 수 없었다.

 먼저 움직이기보다는 생각이 앞서는 성격.

 그는 다시 유성삼전도를 펼쳐서 신형을 좌우로 분신시키며 수중의 대도를 연달아 열다섯 번 내쳤다.

 풍랑무한(風浪無限).

 창파도법의 삼대절초 중 하나다.

 본래는 열다섯이나 되는 도기도강이 중첩을 일으키며 일어나서 천지를 갈기갈기 찢어발기는 위력을 지녔으나 아직 북궁휘의 내공은 그에 미치지 못했다. 그저 열다섯 가지 변초를 일으켰을 뿐이다.

 그러나 그것만으로도 충분했다. 순간적으로 다시 구궁보

를 밟으며 뒤로 물러서는 북궁휘를 덮쳐 가던 운검이 결국 뒤로 물러섰다.

적막.

설명은 길었으나 두 사람 간의 대결은 고작해야 숨 몇 모금을 몰아쉴 정도 만에 벌어진 일이었다. 서로의 실력을 가늠한 후 간격을 벌린 두 사람 사이에 잠시 침묵이 감돌았다.

'흠, 앞서 펼칠 동작을 미리 읽었음에도 반격을 당했다. 그만큼 반응 속도와 변초가 빠르단 뜻. 역시 서패 북궁세가의 도련님다운 실력이라고 해야 하나?'

운검은 북궁휘에게 솔직히 감탄했다.

오 년 전.

자하신공을 잃고 자하구벽검 또한 펼칠 수 없게 되었다. 평생 화산파에서 무공 수련만을 해온 운검에겐 사형선고나 다름없었다.

당연히 그가 지난 오 년간 할 수 있었던 것 또한 무공 수련뿐이었다. 그는 어떻게서든 잃어버린 자하신공을 회복하기 위해 절치부심했다. 죽음조차 두려워하지 않고 심장에 틀어박힌 채 제멋대로 자리 잡은 마정으로 인해 뒤틀려 버린 경맥을 바로잡으려 최선을 다했다.

하지만 아무런 소용이 없었다.

마정은 저주처럼 계속 운검의 그 같은 시도를 방해했고 지독한 고통을 덤으로 돌려줬다. 자하신공은커녕 일반적인 내공조차 회복할 수 없었고, 다시 연마하는 것도 불가능했다.

운검은 그래도 포기하지 않았다.

내공을 되찾는 데 실패하자 그는 마정에 포함된 천사심공을 비롯한 각종 마공을 명상을 통해 연구했다. 또한 화산파의 각종 검법과 권각술 역시 아예 기초부터 다시 연마했다. 그렇게라도 하지 않고선 화산에서 살아나갈 자신이 없었기 때문이다.

그 결과 운검은 독자적인 무공 체계를 확립하게 되었다.

여태까지 그 어떤 화산 무인도 감히 상상조차 하지 못했던 권각술과 보신경의 연계를 이룩했고, 자하구벽검을 바탕으로 한 새로운 화산검법의 체계를 확립했다.

그야말로 화산 무학의 신경지!

대종사(大宗師)의 반열에 한 발을 내딛게 된 것이었다.

이는 마정으로 인해 본래의 무공을 모조리 잃어버리지 않았다면 결코 이룰 수 없는 일이었다. 모든 것을 잃고서 새롭게 모든 것을 다시 시작한 자만이 얻을 수 있는 값진 선물이라 할 수 있었다.

물론 그렇다고 해서 운검의 현재 무공이 과거와 비교가 될 성질은 아니다. 머릿속으로 구현한 무공 체계를 직접 자신의 몸으로 펼칠 수 없었기 때문이다.

그렇다 해도 현재 운검은 충분히 강했다.

적어도 전신을 호신강기로 두를 수 있을 정도의 초절정고수만 아니라면 누구든지 자신이 있었다. 분명 그리 판단하고 있었다.

'그런데 저 하얀 얼굴의 북궁세가 도련님은 어째서 그리 염세적인 상념을 풍겨내고 있었던 거지? 저 나이에 저 정도 성취라면 북궁세가에서도 후계자를 다툴 정도의 천재라고 할 수 있을 터인데. 역시 소천신공이 문제인 건가?'

운검이 염두를 굴리고 있는 사이, 북궁휘가 한성과 같은 눈빛을 빛내며 먼저 입을 열었다.

"첫 번째 공격은 표미각, 두 번째 변화는 구궁보, 세 번째 반격은 소엽퇴법이 맞소이까?"

"화산파에 대해 지나칠 정도로 잘 알고 있군."

"본 가가 섬서성의 패주가 되기 전 가장 신경 썼던 곳은 화산파였으니까."

"그건 영광이군. 천하의 사패 중 한 곳인 북궁세가에서 구대문파에서조차 말석으로 밀려난 화산파에 그리 신경을 쓰고 있었다니."

툴툴거리는 웃음.

운검의 말속에 자조의 기운은 담겨 있지 않았다. 그냥 있는 그대로의 현실을 말하고 있을 뿐이었다. 그 점을 간파한 북궁휘가 차갑게 가라앉아 있던 눈빛을 조금 풀어 보였다.

"방금 전 공격의 연속, 솔직히 놀랐소이다. 혹여 화산파에서도 본 가의 가전무공을 그동안 연구하고 있었던 것이오?"

"창파도법과 소천신공, 그리고 유성삼전도 정도? 그것도 그저 풍문으로 들리는 위력 정도나 알고 있을 뿐이오. 화산파에서 만약 북궁세가의 무공을 연구할 정도의 여력이 있었다면, 화음현을 제외한 섬서성의 전 지역을 빼앗기진 않았을 테지."

"그럼 어떻게 내 풍랑무한에 이은 유성삼전도의 허를 찌를 수 있었던 것이오?"

"그 초식의 이름이 풍랑무한이었나? 어울리는군."

천천히 고개를 끄덕여 보인 운검이 어깨를 한차례 으쓱해 보이곤 말을 이었다.

"만약 그 풍랑무한에 소천신공의 내공이 제대로 실려서 본래의 위력을 발휘했다면, 나는 결코 허를 찌를 엄두도 못 냈을 거요."

"그건……."

"하지만 솔직히 나는 제대로 된 풍랑무한을 펼칠 수 있는 자보다 당신이 무섭소. 내게 완벽하게 허를 찔리고도 반격을 가할 수 있는 자를 만난 건 처음이니까."

'그건 나 역시 마찬가지!'

북궁휘의 눈빛은 더 이상 차갑지 않았다. 오히려 미세하지만 조금쯤 뜨겁게 변해 있었다.

절대패도를 추구하는 북궁세가!

피를 나눈 친혈육 간에도 끊임없이 암투를 벌이는 곳이다.

그런 곳에서 태어나고 자라난 북궁휘는 항상 외로웠다. 특히 자신의 체질이 결코 북궁세가의 무공과 맞지 않는다는 걸 깨달은 후부턴 더욱 그러했다.

당연히 철이 들 무렵부터 이때까지 제대로 된 친구 하나 사귀어보지 못했다.

끊임없는 잠심연무.

그에게 남겨진 건 오직 그것뿐이었다. 어떻게든 가문 내에서 도태되지 않기 위해서 그리해야만 했다. 형제자매와 치열한 경쟁을 벌여야만 했다.

하지만 그의 몸은 여전히 북궁세가의 무공과 맞지 않았다. 처절할 정도의 노력에도 불구하고 다른 형제자매와의 차이는 계속 벌어지기만 했다.

적어도 겉으로 보이는 결과는 그러했다.

북궁세가의 누구도 그의 편은 없었다. 가주이자 부친인 북궁한경의 셋째 부인이었던 모친이 난산 끝에 목숨을 잃은 이후 항상 그랬다.

덕분에 북궁휘는 철이 들 무렵부터 자신을 숨기는 법부터 배워야만 했다. 철저하게 가문의 모든 사람들로부터 스스로의 능력을 숨겼다. 살아남기 위해서였다.

'그런데 고작 오늘 처음으로 만난 화산파의 무인이 이렇게까지 날 이해하고 있다니! 여태까지 누구에게도 마음을 열어본 적이 없었던 나를!'

북궁휘의 격동된 마음이 곧바로 운검에게 전달되었다. 원해서가 아니다. 이번에도 제멋대로 천사심공이 움직인 결과다.
 '역시 평범한 북궁세가의 잘생긴 도련님은 아니었다는 거로군. 그래서 내 마음을 그렇게 괴롭게 만들었던 거고 말야.'
 운검은 갑자기 북궁휘가 십년지기처럼 느껴졌다. 순간적으로 그가 북궁세가에서 살아왔던 이십여 년의 세월을 한꺼번에 공유한 까닭이다.
 긁적!
 목젖을 손가락으로 한차례 긁어 보인 운검이 북궁휘에게 말했다.
 "그래서 말인데, 검 한 자루 있으면 빌려주시오."
 "검?"
 "진심으로 당신과 싸워보고 싶어졌거든."
 "……."
 운검이 이를 드러내며 웃자 북궁휘가 자신도 모르게 관옥같이 잘생긴 얼굴에 잔파도를 만들어냈다.
 미소.
 북궁세가를 떠난 후 처음으로 그는 말할 수 없는 유쾌함을 느꼈다. 운검의 한마디가 만든 변화였다.

第八章

투도구검(投刀求劍)
자신에게 맞지 않는 걸 굳이 고집할 필요는 없다

華山劍宗

달의 정령은 어느 한 곳 빼놓지 않고 자신의 은빛 날개를 드리우고 있었다.
 자신의 장막으로 세상을 온통 검게 만들려는 밤의 기운과는 완전히 대별점에 서 있는 것 같다. 아니, 그보다는 묘하게 어우러져서 놀고 있는 것 같기도 하다.
 그 은빛 날개와 어둠의 장막의 중간쯤.
 얼마 전 몰래 묵고 있던 객점을 빠져나온 진영언이 한 명의 왜소한 몸집에 쥐수염을 매단 중년인과 함께 서 있었다. 두 사람이 바라보고 있는 건 고릉 일대에서 꽤나 유명한 숙박 업소 중 하나인 고릉객점이다.

퍽!

진영언이 중년인의 엉덩이를 발로 차며 말했다.

"야! 저기가 분명할 테지? 만약 틀리면 고릉 일대의 하오문(下午門)은 내일부터 죽었다고 복창을 해야 할 거야!"

"으윽! 맞습니다! 맞고요! 진 소저, 그래도 이 몸이 고릉 일대 하오문의 총책임자인데, 너무 심하게 대하진 말아주십시오."

"왜? 꼬우면 강북 녹림십팔채에 꼰질르던지! 이미 벼락을 맞아 뒈질 너희 강북 하오문의 잡배들이 내 이동 경로를 그 개새끼들한테 팔아먹은 거 알고 있으니까."

"끄응……."

스스로를 고릉 일대에서 암약하고 있는 하오문의 총책임자라 말한 중년인이 나직이 신음을 토했다.

하오문.

중원의 강남북을 통틀어 어디에나 있는 도둑과 소매치기, 창녀, 건달꾼, 도박꾼 등이 모여서 만들어진 일종의 자치단체다. 그래서 정보의 유동량으로만 따진다면 중원삼대조직 중 하나로 손꼽힐 정도다.

하지만 태생적인 한계가 있다.

애초에 무림의 명문정파는커녕 마도나 사파, 녹림 등의 고절한 무공절학과는 인연을 맺지 못한 탓에 하오문의 무력은 상당히 낮았다. 고릉 일대의 총책임자라고 자처하는 중년인이 진영언에게 거의 하인배 취급을 받으면서도 아무런 말도 못하는 건 바로 그 때문이었다.

'제기랄! 빌어먹을 강남 새끼들! 홍염마녀에 대한 정보 수집을 어떻게 했기에 이런 꼴을 만들어······.'

중년인은 내심 이를 갈면서 자신의 운수 불길함을 한탄했다. 진영언의 말대로 강북 하오문은 강북 녹림십팔채에 진영언에 대한 정보를 다수 팔아먹었다. 이제 그녀가 그 같은 일을 빌미 삼아 마구 폭거를 일삼아도 할 말이 없다.

그래도 중년인은 나름대로 하오문에서 낮은 위치가 아니었다. 특히 섬서성 내의 각종 무림계 정보에 대해선 아는 바가 꽤나 많았다. 지금 진영언이 건들려고 하는 세력에 관해서도 마찬가지다.

"진 소저, 그런데 정말로 괜찮으신 겁니까?"

"뭐가?"

"앞서 말했다시피 저 고릉객점에는 지금 서패 북궁세가의 무사들이 잔뜩 묵고 있습니다. 비록 진 소저가 강남 분이라곤 하지만 자칫 잘못하면······."

"나도 알아. 섬서성 일대에서 북궁세가가 황제보다 더한 위세를 떨치고 있다는 것쯤은."

"그런 걸 아시는 분이 어째서?"

"내 지랄맞은 성미 때문이지 뭐. 난 궁금한 건 절대로 그냥 넘어가지 못하거든."

'아무리 생각해도 그때 내 다리를 공격할 수 있었던 건 그 실실거리는 새끼뿐이야. 백번을 다시 생각해도 마찬가지였어. 그러니 내 친히 그 새끼의 주장을 확인해 볼밖에. 그리고 그 잘생긴 녀석의 얼굴도 한 번 더 보고 싶고.'

진영언은 뒷말은 속으로 삼켰다. 굳이 자신의 속마음을 눈앞의 쥐새끼같이 생긴 하오문도에게 까발릴 필요를 느끼지 않았기 때문이다.

"그럼 진 소저, 저는 이쯤에서 그만……."

"벌써 가겠다는 거냐?"

"진 소저, 섬서성에서 북궁세가의 일에 관련을 맺을 순 없습니다. 아무리 진 소저가 핍박한다 해도 제가 해드릴 수 있는 일은 여기까지뿐입니다."

"알겠다."

진영언 역시 사패에 대해서는 거리낌이 조금 있었다. 하물며 하오문도에게 더 이상의 모험을 요구할 순 없었다. 그게 강호를 살아가는 자들 간에 암묵적으로 지켜지는 규약이었다.

퍽!

진영언이 다시 엉덩이를 걷어차자 중년인이 얼굴을 울상으로 일그러뜨리면서도 얼른 꽁무니를 뺐다.

"훗!"

중년인의 도망가는 모습을 보고 입가에 상큼한 미소를 지어 보인 진영언이 목을 흔들며 전신의 근골을 한차례 풀었다.
 우둑! 우두두두둑!
 결코 가냘픈 여인의 몸에서 나는 소리가 아니다. 강호를 떠돌며 약을 파는 차력사나 외공의 고수나 낼 수 있는 소리고 몸짓이었다.
 그것도 잠시뿐.
 문득 몸풀기를 끝마친 진영언이 고릉객점을 향해 신형을 뽑아 올렸다.
 스으.
 달이 자신의 은빛 날개 속으로 들어서는 진영언을 향해 슬그머니 미소를 지어 보였다.

  *   *   *

 '본 가는 도법의 명가다. 그런데 그곳의 후예인 나한테 검을 빌려달라고 하는 건가⋯⋯.'
 북궁휘는 미소를 멈추고 잠시 고심하는 기색을 얼굴에 담았다. 운검의 요구를 듣고 마음 한구석에서 움직이는 바가 있었기 때문이다.
 고민은 오래지 않아 끝났다.
 슥!
 갑자기 수중의 대도를 바닥에 힘줘서 꽂아 넣은 북궁휘가

투도구검(投刀求劍) 239

운검을 향해 말했다.

"그러고 보니 우리… 아직 통성명도 하지 않았구려. 나는 북궁세가의 북궁휘라 하오."

"나는 운……."

북궁휘를 좇아 곧이곧대로 자신의 도명을 대려던 운검이 잠시 말끝을 흐렸다.

운검(雲儉).

사부 현명 진인이 어려운 집안 태생인 근본을 잊지 말라는 뜻에서 지어준 소중한 도명이다. 여태까지 아무런 불만 없이 사용하고 있었고, 바꿀 생각 역시 하지 않았다.

하지만 운검은 이미 화산파를 떠나며 단검유풍하기로 마음먹은 상태였다.

또한 본래는 어떠한 일이 있어도 다시 손에 검을 드는 일은 없으리라 생각했다. 화산검수들이 목숨보다 소중히 여기는 매화검을 내동댕이치고 길을 나선 건 바로 그 때문이었다.

이제 아주 오랜만에 강렬한 전의를 불러일으킨 북궁휘를 상대로 다시 검을 쥐려니, 전날의 맹세가 마음에 걸리지 않을 수 없다. 끊었던 검을 다시 드는 건 어쩔 수 없다지만, 화산파의 도명을 입에 담긴 곤란했다.

'나는 너무 어렸을 때 화산파에 입문했다. 어떤 이름을 가지고 있었는지 이젠 기억이 나질 않아. 집으로 돌아가는 길처럼. 그러니 도명을 대신할 속명이 필요하다. 하지만 사부님이

지어주신 이름을 버리긴 싫고. 으음, 그러면 되겠군!'

 단검유풍!

 운검의 뇌리로 문득 네 개의 글자가 스쳐 갔다. 그리고 동시에 사부 현명 진인을 기리면서도 자신의 뜻을 담을 수 있는 이름이 떠올랐다.

 "…운검. 나는 운검(雲劍)이라 하오."

 "운검?"

 "그렇소. 구름 속에 숨어 사는 검! 꽤 괜찮은 이름이 아니오?"

 '운검이라! 설마하니 얼마 전 화산파의 옥천궁을 떠난 운자 항렬의 도사가 바로 이 사람은 아닐 테지? 도사가 상서롭지 못한 검(劍) 자를 도명으로 삼진 않을 테니까.'

 보통 사람의 이름조차 병기명을 사용하진 않는다.

 하물며 수행자라 할 수 있는 도사의 도명이다.

 상서롭지 못한 검 자를 쓸 리 없다고 북궁휘는 생각했다. 금기서화에 대한 높은 지식이 오히려 상식적인 의심조차 품지 않게 만든 것이다.

 북궁휘가 대답 대신 고개를 한차례 끄덕여 보이곤 바닥에 꽂아서 고정시킨 대도의 도파 부분을 한차례 비틀어 보였다.

 키릭!

 작은 기음과 함께 대도의 도파 부분에 구멍이 뚫렸다.

 기음의 원인은 속에 장치된 용수철.

순간 용수철의 작용에 의해 이 척 세 치가량의 검이 도파의 구멍을 통해 모습을 드러냈다.

착!

북궁휘가 익숙하게 검을 낚아챘다.

그리고 움직인 한 걸음.

사 척의 대도를 들고 있었을 때완 기세 자체가 다르다. 한 차례 검을 밑으로 내려뜨리는 자세만으로 운검은 긴장을 느꼈다. 그 정도로 북궁휘와 수중의 검은 잘 어울렸다. 마치 처음부터 하나였던 것 같다.

"단장검(斷腸劍)이오. 내 분신이나 다름없는 검이니 조심해서 다뤄주시오."

"……."

운검이 뭐라 말하기도 전에 북궁휘가 수중의 단장검을 집어 던졌다.

빙글.

공중에서 한차례 회전을 일으킨 단장검이 월광을 가르며 운검에게로 날아들었다.

착!

운검 역시 익숙하게 단장검을 받아 들었다. 그의 입가로 언뜻 유쾌한 미소 하나가 스쳐 간다.

"좋은 검이군. 좋은 검기고."

"검기?"

"훌륭한 검객의 검은 제대로 된 검기를 품게 마련이지. 이 검에 담겨져 있는 검기만 봐도 북궁휘 자네가 얼마나 훌륭한 검객인지 알 것 같군."

"반말?"

"서로 통성명을 했으니, 자네도 내 이름을 부르게. 그러자고 한 통성명이잖아."

"그렇군."

북궁휘가 다시 고개를 끄덕이곤 여전히 땅에 박혀 있는 대도를 손으로 잡아가며 질문했다.

"그런데 궁금하군. 어떻게 북궁세가의 사람인 내가 검을 가지고 있는 걸 알았는지?"

"손!"

"손?"

북궁휘가 대도를 뽑아 들며 자신의 사내답지 않게 가느다랗고 섬세한 손에 시선을 던졌다.

스슥!

운검이 수중에 들린 단장검의 무게와 세기를 가늠하며 말했다.

"창파도법을 펼치는 자네의 동작은 도객이 아니라 검객을 닮아 있었어. 그리고 손 역시 마찬가지야. 그런 섬세하고 가느다란 손가락을 가진 사람은 운명적으로 검을 다루게 되게 마련이거든."

"운명?"

"그래. 자네나 나 같은 사람은 태어날 때부터 검을 손에 쥐게 될 운명을 가지고 있었던 거야."

"궤변이군. 그런 소린 누구한테 들은 건가?"

"사부님."

대답과 함께 운검이 갑자기 수중의 단장검을 북궁휘에게 던졌다.

빙글.

북궁휘가 던졌을 때와 똑같은 회전과 궤적을 그리며 단장검이 그의 손으로 날아들었다.

"왜?"

운검이 시선을 북궁휘의 등 뒤로 보이는 어둠 쪽으로 던졌다. 얼핏 그의 흑백이 또렷하던 눈에 하얀 광채가 스쳐 지나갔다.

'무슨?'

북궁휘가 눈을 한차례 깜빡였다. 운검의 두 눈에서 인 하얀 광채가 환상처럼 곧 모습을 감춰 버렸기 때문이다. 평소의 눈빛으로 돌아온 운검이 말했다.

"오늘 내가 이곳을 찾아온 것은 북궁휘 자네에게 경고를 하나 해야 할 것 같아서였네. 그런데 벌써 일이 터져 버린 것 같군."

"경고라니, 무슨?"

"낮에 나와 함께 있었던 홍의 소저를 기억하는가?"

"그 녹림의 여인?"

"그냥 녹림의 여인이 아니라 사실은 강남 녹림의 총표파자란 존귀한 신분이지."

"홍염마녀?"

"그래, 그런 별호도 가지고 있지. 그런데 중요한 건 그녀가 자네의 잘생긴 얼굴에 홀딱 빠졌다는 거야. 원래는 내가 이번에 받아들인 철딱서니없는 제자 녀석한테 관심이 있었는데, 자네를 보더니 곧바로 마음을 바꾸더군. 뭐, 내 제자 녀석보다는 자네가 좀 더 잘생기고 키도 크니까 비교가 되지 않을 수 없었겠지."

"으음."

북궁휘의 뇌리로 운검과 함께 앉아 있던 홍염마녀 진영언의 매력적인 얼굴이 스쳐 갔다.

미인이 많은 북궁세가에서도 그 정도 미모를 지닌 여인은 몇 없었다. 여동생인 청명뇌음도(靑冥雷音刀) 북궁상아 정도가 비교가 될 수 있을 뿐이었다.

'그러고 보니 낮에도 몇 번이나 내 얼굴을 훔쳐봤던 것 같기도 하군. 으음, 역시 녹림의 여인이라서 성격이 솔직하고 화끈한 것인가?'

북궁휘의 입가로 한 가닥 미소가 스쳐 갔.

어려서 폐관수련을 계속하느라 이십대 중반을 훌쩍 넘긴

지금까지 제대로 된 연애 한번 못해봤다. 갑자기 꽤나 매력적인 미녀가 자신에게 홀딱 빠졌다는 말을 듣자 기분이 나쁠 리 없었다. 사실은 상당히 좋았다.

그 모습을 보고 내심 쾌재를 외친 운검이 말했다.

"그런데 한 가지 문제는 그 진 소저가 괴이한 취향을 지녔다는 거야."

"괴이한 취향?"

"그래. 그녀는 밤에 몰래 자기가 마음에 든 남자를 찾아가서 기습을 하곤 한다네. 자기의 짝이 될 사내는 잘생겼을뿐더러 무공도 고강해야 한다고 생각하거든."

"그럼 설마……."

"그래, 그 설마야. 지금쯤 그녀는 자네 일행이 든 객점을 몰래 찾아가서 기습의 기회를 엿보고 있을 거야. 내 제자 녀석도 당했던 일이거든."

홍염마녀 진영언은 얼마 전 갓 스물의 나이로 강남의 뭇 녹림 고수들을 모조리 누르고 총표파자에 오름으로써 무림을 크게 경동시킨 바 있다.

당연히 무공이 보통의 수준일 리 없다. 엄청난 고수일 게 분명하다.

여기까지 생각한 북궁휘가 안색을 굳혔다.

"북궁세가의 무사들은 강해. 하지만 그 진 소저가 오늘 밤 날 찾아온다면 이런 곳에서 시간을 보내고 있어선 안 되겠군."

"그게 내가 하고 싶은 말이야."

운검이 얼른 맞장구치자 북궁휘가 다시 고개를 끄덕여 보였다.

"그럼, 오늘의 승부는 다음으로 미루도록 하지."

"그러자고. 대신……."

"대신?"

"그때는 북궁휘 자네도 검을 들라구. 그 장신구 같은 커다란 칼은 어디 버려 버리고 말야."

"그건……."

"무인에게 가장 중요한 건 최고의 무(武)를 이루는 거야. 자신에게 맞지 않는 걸 굳이 고집할 필요는 없다구. 억지를 부려서 얻은 건 결국 한계를 드러내게 마련이니까."

"……."

북궁휘의 눈이 크게 흔들렸다.

운검이 던진 한마디야말로 그가 아주 오래전부터 듣고 싶었던 말이었다. 가문의 무공과 어울리지 않는 체질을 타고났다는 걸 알았을 때부터.

그때다.

운검이 갑자기 생각난 듯 한마디를 덧붙였다.

"그런데 혹시 북궁세가에서 암기술 같은 것도 있나?"

"쇄금비(碎金匕)란 비도술이 있긴 한데?"

"다룰 줄은 알고?"

"조금."

"겸손한 성격이니, 제법 훌륭한 실력이겠군. 진 소저를 보게 되면 반드시 그걸 사용하게나."

"그건 또 어째서지?"

"암기술 같은 것에 취미가 있나 보더라구. 그 쇄금비를 펼치면 아마 그리 크게 소란 피우지 않고 그냥 돌아갈 거야. 자네도 설마 자길 좋아하는 여자하고 생사결전을 벌이고 싶진 않을 테지?"

"물론."

북궁휘가 대답과 함께 신형을 돌려세웠다. 문득 그의 귓전으로 나직한 파공성과 고함 소리가 들려왔기 때문이다.

북궁휘와 헤어져 거처로 돌아가던 운검이 소매로 이마에 맺힌 땀을 닦아냈다.

지독한 아픔.

북궁휘와 진심으로 검을 맞대려 한 순간 심장에서 일어난 고통이다. 예전에 빙나찰 냉요란을 만났을 때의 두근거림과는 차원이 다르다. 당장이라도 심장이 폭발할 것만 같았다.

"빌어먹을! 이젠 내가 무공에 대해 진심이 되는 것도 가로막는 거냐!"

운검은 심장 부위를 한 손으로 짚은 채 야천을 향해 버럭 소리 질렀다.

분노.

참으로 오랜만에 느껴보는 감정이다.

검과 함께 모든 걸 놓아버렸다고 생각했는데, 아직 그렇지 못했던 것 같다.

그때 다시 심장으로 고통이 밀려들어 왔다.

화산에서 내공이 전혀 필요치 않은 새로운 무학의 길을 개척하고 있던 운검으로 하여금 모든 걸 포기하게끔 한 고통이었다.

"으……."

운검은 한동안 짐승처럼 헐떡거렸다.

어느 누구도 모르는 고통.

아픔이다.

그는 이를 악문 채 그 같은 고통을 말없이 감내하고 있었다.

그러기를 얼마나 했을까?

여느 때처럼 심장과 혈맥 전체를 폭발시킬 듯 휘몰아치고 있던 마정의 폭주가 서서히 잦아들었다. 한차례 폭풍이 끝나고 평온이 찾아든 것이다.

"후우! 후우! 후우……."

몇 차례 호흡을 조절하는 것으로 고통의 뒤끝을 빠르게 진정시킨 운검이 반쯤 꺾여져 있던 허리를 폈다.

이미 얼굴빛이 다소 창백한 걸 제외하면 평소와 다른 점을 찾아볼 수 없다. 이런 일에는 이미 오래전에 익숙해졌기 때문이다.

그때다.

평소와 다름없는 얼굴이 된 운검의 배후로 붉은 그림자 하나가 모습을 드러냈다. 그보다 일찍 거처를 빠져나갔던 진영언이었다.

슥!

미세한 소성조차 없이 운검의 배후로 다가든 진영언이 불쑥 손을 들어 올렸다.

부서지는 월광.

문득 시선을 전면에 던진 운검이 퉁명스레 말했다.

"그런 짓은 그만두는 게 어때?"

"어떻게 알았지?"

"그림자."

"……"

운검의 말을 들은 진영언이 비로소 자신의 불쑥 들어 올려진 손이 겹쳐져 있는 그림자에 시선이 갔다. 달의 은빛 날개의 한 자락이 운검에게 그녀의 존재를 알려준 것이다.

'하지만 정말 공교롭구나. 어찌 내가 배후로 다가들자마자 그림자를 볼 수 있었을까?'

내심 중얼거린 진영언이 운검의 천령혈을 노리고 있던 손을 내려뜨렸다.

아직 의혹은 풀리지 않았다.

다만 조금쯤 뒤로 미뤄뒀을 뿐이다.

스슥!

특유의 현란한 보신경을 이용해 운검의 앞을 가로막아 선 진영언이 뾰로통하니 말했다.

"어딜 다녀온 거냐?"

"산책."

"이 밤에?"

"밤 산책이야말로 건강에 무척 좋은 습관이오. 무공을 연마했다는 사람이 그런 것도 몰랐소이까?"

"하!"

진영언이 양손을 잘록한 허리에 대고는 헛웃음을 터뜨렸다. 운검의 말에 기가 차다는 표정이다. 그리곤 두 눈에 강한 기운을 담았다.

"방금 전에 죽을 것처럼 숨을 헐떡거리던데… 어디 아픈 거냐?"

"봤소?"

"봤지."

"흐음……."

턱밑에 손가락 하나를 가져다 댄 채 운검이 곤란한 기색을 지어 보였다. 뭔가 말할 수 없는 비밀이라도 있는 것 같은 표정이다.

진영언이 그에게 고개를 살짝 들이밀었다.

"왜? 그렇게 큰 비밀이야?"

"난 심장이 좀 안 좋소이다. 그래서 이렇게 밤마다 산책을 하는 거고."

"밤 산책이 심장에 좋다는 말은 또 처음 들어보네."

"의학(醫學)에 밝으시오?"

"그렇진 않지만……."

운검은 말끝을 흐리는 진영언에게 슬쩍 이를 드러내 보였다. 절반쯤 비웃음이 담긴 웃음이다.

발끈.

진영언의 얼굴이 다시 뾰로통하니 변했다. 양 주먹 역시 부르르 떨리는 게 당장이라도 한 대 때릴 것 같다.

그러나 그녀는 그러지 않았다.

운검 같은 환자에게 손을 쓰기엔 홍염마녀란 별호가 지닌 무게가 너무 크다. 그 점을 이미 눈치 채고 있었던 운검이 놀리듯 말했다.

"그건 그렇고 진 소저야말로 이 야심한 밤에 어딜 다녀오신 것이오? 설마하니 강남 녹림의 총표파자쯤 되는 신분으로 밤이슬을 맞으며 양상군자(梁上君子:도둑) 노릇을 하고 온 건 아닐 테고……."

"그리 말 돌릴 것 없어. 네가 예상하고 있는 대로 북궁세가 무리가 묵고 있는 객점을 좀 살펴보다 왔으니까."

'생각보다 솔직하군.'

운검은 눈앞의 진영언에게 조금 더 점수를 주기로 했다. 강남 녹림의 총표파자답게 솔직함과 당당함을 겸비했다는 생각이 들었다.

"그런데 북궁세가는 정말 무뢰한들의 집합소더군. 한마디 경고도 없이 나같이 연약한 여자한테 마구 칼을 휘두르고, 비도같이 흉측한 물건을 던지다니 말야!"

"……."

운검은 비로소 진영언의 옆구리와 왼쪽 소맷자락이 길게 베인 채 펄럭이고 있음을 눈치 챘다. 절정의 무위와 놀라운 경공을 겸비한 그녀가 오늘 밤 얼마만큼 큰 낭패를 당했는지를 웅변하는 모습이라 할 수 있겠다.

'그래서 결국 북궁휘 녀석한테 말 한마디 붙이지 못하고 도주해 온 거군. 나한테는 그 심통을 부리려 했던 거고.'

애초에 예상했던 대로다.

내심 만족스레 미소 지은 운검이 안타깝다는 듯 말했다.

"진 소저, 그러게 내 뭐랬소. 북궁세가의 무사들은 하나같이 무서우니 절대로 가까이하지 말라고 했지 않소."

"그놈들 중 그럴듯한 무위를 지닌 건 두 명뿐이었다. 나머진 그저 허수아비에 칼을 들려놓은 것이나 진배없었다구."

"그 두 명을 이길 수 없었던 것 아니오?"

"쳇, 합공에는 장사가 없지 뭐."

입술을 비죽이며 혀를 찬 진영언이 운검을 매섭게 노려봤다.

"그렇지만 아무리 생각해도 당시 그곳에 있던 건 북궁세가 놈들은 아니야! 내 감각이 닿지 않는 장소에서 다리를 공격하려면, 훨씬 뛰어난 암기술을 지니고 있어야만 한단 말야!"

"내가 거짓말을 했다는 말이오?"

"그래."

진영언이 단정적으로 말하자 운검이 어깨를 한차례 으쓱해 보이곤 고개를 끄덕였다.

"맞소. 내가 거짓말을 했소. 사실 진 소저의 다리를 공격한 건 나였소. 내 이렇게 용서를 빌 테니, 부디 그때의 일은 없었던 걸로 해주시오."

"……"

운검이 양손을 모아 비는 시늉을 해 보이자 진영언의 얼굴로 한 가닥 분노의 기색이 스쳐 지나갔다. 운검이 자신을 놀리고 있다고 판단한 것이다.

"망할 놈! 반드시 날 공격한 놈을 찾아내서 못돼먹은 네 녀석의 코를 납작하게 눌러줄 테다!"

"그럼 앞으로도 계속 날 따라다니겠다는 거요?"

"물론이지!"

이를 갈 듯 소리친 진영언이 휑 하니 신형을 돌려 거처인

객점을 향해 걸어갔다.

긁적!

운검이 한쪽 눈을 찡그리며 목 부근을 손가락으로 긁었다. 계속해서 진영언과 함께할 걸 생각하니 벌써부터 피곤이 구름처럼 밀려오고 있었다.

'오늘은 용케도 졸지 않았군.'

운검은 거처로 돌아오자마자 좌공에 들어간 영호준의 상태부터 살폈다.

축기를 위해 가장 먼저 몸에 익혀야만 하는 좌공.

익숙해지기까지 꽤나 시간이 걸린다. 대기에 가득한 기를 몸 안으로 받아들여 기해혈(氣海穴)에 위치한 단전에 저장하는 자체가 역천이라 할 수 있기 때문이다.

하물며 영호준은 이미 십칠 세의 나이다.

경맥이 서서히 굳어가는 나이이니만치 더욱 좌공의 기초를 다지는 것이 어려웠다. 아무리 정신을 집중해도 기감을 느끼기가 쉽지 않으니, 깜빡 졸 수도 있는 것이다. 지난 이틀간은 분명 그랬다.

그런데 오늘은 달랐다.

영호준은 놀랍게도 두 눈을 반개한 채 고른 호흡을 유지하고 있었다. 용케도 졸지 않고 앉아서 기감을 느끼는 데 집중하고 있음이 분명하다.

고작해야 삼 일째 좌공 수련치고는 상당한 성과다.

탁!

운검은 일부러 문을 소리 내어 닫았다. 영호준이 어느 정도로 집중력을 발휘하고 있는지를 확인하기 위함이었다.

'호오?'

영호준은 여전히 좌공을 흩뜨리지 않았다. 반개한 눈을 뜨지도 않고 계속 명상에 빠져 있었다.

눈에 이채를 띤 운검이 슬그머니 영호준의 명문혈로 손을 내밀려다 동작을 멈췄다. 문득 지금의 자신은 제자로 받아들인 영호준의 경맥과 기혈을 살펴볼 수조차 없다는 사실을 깨달은 까닭이다.

'하하, 재밌군. 재밌어……'

내심 쓰게 웃어 보인 운검이 슬그머니 침상에 몸을 뉘었다. 문득 다음날부터 영호준의 교육에 대한 다른 수단을 강구해야겠다는 생각이 들었다.

재능의 발견!

혹여 몰랐으면 몰라도 안 이상 그냥 썩게 놔둘 순 없었다. 사부 현명 진인이 자신을 발견했을 때처럼 말이다.

"하지만 그전에 이젠 슬슬 내 새로운 이름이나 그런 걸 알려줘야 할 테지? 그렇다고 계속 잠도 안 자고 녀석이 수련을 끝마칠 때까지 기다리고 있는 것도 마음에 들지 않고……"

"……"

운검이 영호준을 힐끗 바라보곤 갑자기 벌떡 침상에서 일어났다. 그리고 얼른 그의 곁으로 달려가 귀에 대고 손뼉을 쳤다.

짝!

"아!"

영호준은 느닷없이 인 손뼉 소리에 놀라 명상에서 깨어났다.

운검은 아직 내공심법 같은 걸 가르쳐 주지 않았다.

진기도인을 할 줄 모르니 주화입마도 없었다. 단지 처음으로 느낀 기감에 집중하고 있던 중 강제적으로 현실로 내동댕이쳐진 탓에 얼떨떨한 표정이 되었을 뿐이다.

운검이 그런 영호준을 지그시 바라보다 말했다.

"기감은 확실하게 느꼈겠지?"

"예? 그게 무슨……."

"네 몸속에서 제멋대로 날뛰고 있던 따뜻하고 차가우며 부드럽고 강한 소용돌이 같은 느낌 말이다."

"아!"

영호준이 비로소 운검이 하는 말을 이해하곤 열심히 고개를 끄덕여 보였다.

몸속에 자리 잡은 기감과의 첫 번째 조우.

내가의 무공을 수련하는 무인에게 있어선 결코 잊기 힘든 소중한 경험이다.

어느새 얼굴을 발그스름하니 붉히고 있는 영호준에게 운검이 말을 이었다.

"혹시나 해서 물어보는데, 너 예전에 내가심법 같은 걸 익힌 적이 있었냐?"

"전혀 없습니다!"

"그래? 그런데 좌공 삼 일째에 그리 쉽사리 기감을 느끼고 깊은 명상에까지 이르렀단 말이지?"

"그거… 나쁜 겁니까?"

"아니."

고개를 한차례 가로저어 보인 운검이 말했다.

"오히려 지나칠 정도로 좋다. 네 녀석이 생긴 모습답지 않게 내공 수련에 제법 재능이 있다는 뜻이니까."

"아!"

"그렇다곤 해도 너무 늦게 내공 수련을 시작했다. 이제부터 먼저 시작한 다른 녀석들을 따라잡으려면 죽기 살기로 노력해야만 할 거다."

"예, 명심하겠습니다!"

"당연히 그래야지. 그래서 말인데, 네게 지금부터 이 사부가 속한 문파와 수련할 무공의 연원과 내력에 대해서 말해주겠다. 너는 자세를 바로 하고 듣거라."

"예!"

큰 목소리로 대답한 영호준이 얼른 자세를 단정히 한 채 운검 앞에 부복했다. 다른 건 몰라도 예전에 다녔던 무관에서 예의범절 하나는 제대로 익힌 게 분명해 보인다.

운검이 그런 영호준을 바라보다 입을 열었다.

"네가 이제부터 입문할 문파는 화산파이고 이 사부의 이름은 운검(雲劍)이다. 본래 도명은 운검(雲儉)으로 화산파의 도사 노릇을 하고 있었으나 뜻한 바가 있어서 얼마 전 하산하였다. 그래서 속명을 운검으로 정했으니, 너는 이제부터 다른 사람한테 날 소개할 때 운검 사부님이라 해야 할 것이다."

"제자 명심하겠습니다!"

"그리고 이 사부가 도사 노릇을 그만두었으니, 너 역시 남들 앞에서 화산파의 제자라 자신을 칭해선 안 된다. 아예 화산파의 화(華) 자도 꺼내지 않는 게 좋을 것이야."

"그럼 다른 사람들한테 사부님과 저를 낭인이라고 자칭해야만 하는 겁니까?"

"낭인?"

"예, 특정한 문파에 속하지 않은 사람들을 무림에선 낭인이라 부른다고 들었습니다."

"흐음."

운검이 한차례 침음과 함께 눈살을 찌푸리더니 곧 입가에 흐릿한 미소를 만들어냈다.

"우린 검종(劍宗)이다. 남들이 굳이 문파명을 물어보면 그리 대답하거라."

"검종이요?"

"그래."

운검이 천천히 고개를 끄덕여 보이곤 입가의 미소를 더욱 짙게 만들었다.

검종.

갑작스레 만들어낸 이름치고는 나쁘지 않다.

그리 생각되었다.

그때다. 옆방의 나무 벽에서 쿵쿵거리는 소리가 들려왔다. 옆방에 든 진영언이 그만 떠들고 자라며 보낸 경고였다.

으쓱!

어깨를 한차례 추어 보인 운검이 영호준에게 손을 휘휘 내저어 보이며 말했다.

"나는 이만 잘 테니, 너는 하던 거 마저 해라."

"예?"

"다시 좌공 수련에 들어가라구."

"예!"

영호준이 얼른 부복을 풀고 운검에게 정중하게 허리를 숙여 보였다.

화산파.

현재는 비록 세가 많이 쇠락하긴 했으나 정통의 구대문파에 속한 명문정파이다. 무림과 협객에 대해 관심이 많던 영호준이 모를 리 만무했다.

그런 화산파의 고인을 사부로 모시게 되었으니 내심의 기쁨은 이루 말할 수 없었다. 만약 밤중이 아니라면 마구 소리 지르며 날뛰었을지도 모른다.

당연히 운검에 대한 영호준의 존경심은 더욱 깊어졌다. 그의 명령을 지상과제처럼 여기게 된 것도 무리는 아니었다. 분명 그랬다.

'제자, 영호준! 부단히 노력해서 결코 사부님과 화산파…가 아니라 검종의 명성과 명예에 폐를 끼치지 않도록 하겠습니다! 반드시 그리할 겁니다!'

내심 감격해 소리친 영호준이 단정한 자세로 가부좌를 틀고 앉았다. 다시 좌공 수련에 들어간 것이다.

第九章

낭심흉흉(狼心兇兇)
이리와 같은 마음이 흉하고 또 흉하다

華山劍宗

단섬도 안원을 비롯한 오잔이 고릉에 도착한 건 홍염마녀 진영언에 대한 추격을 포기하고도 사흘이 지난 후였다. 주변 산채를 돌면서 머릿수를 맞출 산적들 백 수십여 명을 모으느라 시간이 조금 걸렸다.

서패 북궁세가와 관련되어 있는 일이다. 비록 그곳의 실권자와 은밀한 묵계를 나눴다 하나 결코 일 처리에 있어 한 치의 소홀함이 있을 수 없었다.

'흠. 이 정도면 칼받이들도 제법 모은 것 같으니 슬슬 움직일 때가 된 것인가? 그런데 유 총관도 정말 일을 대범하게 꾸미는군. 아무리 녹림의 칼을 빌린다지만, 삼공자를 암살할 계

획을 실행에 옮기다니 말야.'

꾸깃!

안원이 이틀 전쯤 다시 북궁세가로부터 날아든 전서구에 적혀져 있던 내용을 눈으로 살피곤 내심 고개를 가로저었다. 애초에 생각했던 것보다 이번에 처리해야 할 일의 무게가 막중했기 때문이다.

그렇다 해도 이제 와서 발을 뺄 순 없었다.

그는 북궁세가에서 강북 녹림십팔채에 심어놓은 일종의 간세였고, 직속상관은 소리장도 유성월이었다. 이제 와서 그의 명령을 듣지 않는다면 후환이 무궁할 게 뻔했다.

잠시 고심을 하던 안원이 단창쌍인 소광을 손짓해 불렀다. 오잔 중 가장 머리가 좋을뿐더러 눈치가 빠른 그를 불러 당부할 일이 있었기 때문이다.

안원의 표정만으로 그의 내심을 어느 정도 눈치 챈 소광이 조심스런 표정으로 물었다.

"대형, 인원을 지나치게 많이 모은 거 아닙니까? 이 정도 숫자라면 자칫 주변 관군이나 무림문파의 이목을 끌 수도 있습니다."

"그럴 수도 있겠지."

"그걸 아시면서 어째서?"

"이만큼은 되어야만 북궁세가의 분노를 피할 수 있기 때문이다."

"예?"

눈치 빠른 소광이 의아한 표정을 지어 보였다. 일시 안원이 한 말의 의미를 이해하지 못한 것이다.

안원이 목소리를 낮췄다.

"동생도 대충 눈치 챘다시피 이번 일은 매우 위험하다. 그래서 좀 제물이 많이 필요한 것이야."

"대형, 설마 이 많은 인원을 모두 칼받이로 만드실 작정이신 겁니까?"

"그래야만 할 것 같아."

'북궁세가의 부탁을 들어주기 위해 백여 명이나 되는 희생물이 필요하다고? 설마 황족을 건들려는 건 아닐 테고. 맙소사! 북궁세가 내부의 암투에 끼어들게 된 것인가?'

소광은 나름대로 머리를 굴리다가 안색이 하얗게 질렸다. 갑자기 해연히 깨닫는 바가 있었기 때문이다.

안원이 당부하듯 말했다.

"역시 소광 아우군. 이해가 빨라. 자네도 대충 짐작했겠지만, 이번 일은 사안이 매우 중대하다."

"지, 지금이라도 빠질 수 없는 겁니까?"

"그랬다가는 북궁세가와 원한을 맺게 되지 않겠나?"

"그래선 안 되겠지만……."

"이미 나는 결정을 내렸네!"

안원이 단호하게 말하자 소광은 그가 어째서 자신을 먼저

낭심흉흉(狼心兇兇) 267

불렀는지 눈치 챌 수 있었다.

'대형은 나더러 나머지 형제들을 설득하라는 거군. 하지만 진짜로 북궁세가의 암투에 끼어들게 된 것이 맞다면 이번 일에 우리 다섯 형제는 목을 걸어야 할지도 모른다. 정말 그럴만한 가치가 있는 일일까?

홍염마녀 진영언을 사로잡기 위해 나설 때는 발걸음이 무척이나 가벼웠다.

봄날이었다.

오랜만에 산채를 나서서 한 마리 꽃사슴을 사냥할 생각에 마음이 들떴다. 즐겁고 흥분되었다.

그러던 것이 느닷없이 이런 말도 안 되는 위험천만한 일에 끼어들게 될 줄이야 누가 상상인들 했으랴!

어처구니가 없다는 건 바로 이런 경우를 두고 하는 말일 터다. 분명 그랬다.

'후우! 그렇지만 대형이 이렇게까지 단호한데 반대를 하는 것도 쉽진 않겠구나!'

내심 한숨을 내쉰 소광이 어쩔 수 없이 고개를 끄덕여 보였다.

"대형의 마음이 그리 확고하시니, 동생 된 입장에선 따를 수밖엔 없군요."

안원의 얼굴에 반색이 떠올랐다.

"고맙네! 고마워!"

"……."

 소광은 입을 굳게 다물었다. 왠지 모를 불안감이 스멀거리며 그의 가슴속으로 밀려들고 있었다.

*   *   *

 운검 일행이 고릉을 떠난 첫날.
 평상시처럼 여유가 넘치는 걸음으로 관도 위를 걷고 있는 운검의 뒤로 영호준이 진땀을 뻘뻘 흘리며 따르고 있었다. 운검의 걸음이 결코 빠르지 않은데 뒤처지지 않는 것이 결코 쉽지만은 않은 것 같은 모습이다.
 어째서?
 앞서 걷고 있는 운검의 말과 뒤따르는 영호준의 변화를 보면 알 수 있다.
 "견강이회수(見剛而回手)?"
 "저, 적을 상대할 때 나는 손을 내어 적의 허실을 탐지한다! 만일 적이 급히 막는다면 이때 나는 손을 되돌려 그 예리함을 피한다! 그 후에 다시 전진한다!"
 "입수이투수(入手而偸手)?"
 "이, 이 수법은 반드시 민첩해야 한다! 교수(交手) 중에 적이 강하게 손을 뻗으면 나의 손은 먼저 몰래 교차하여 적의 손이 이르기 전에 나의 손이 먼저 이른다! 이것은 적으로 하여금 방어하려고 해도 방어할 수 없도록 하는 것이다! 실제 기술의 운용은 이러하다! 적이 나의 상부를 공격하면 나는 아무런 자세도 잡지 않고 오히려 몸을 낮추어 적의 하부를 공격한다! 혹은 적은 원(圓) 공격을 하고 나는 직선 공격을 하기도 하는데 각도가 관건이다!"

"절수이곤수(截手而滾手)?"

"내가 공격하면 적은 이를 막으려 하는데 이때 나의 손은 적의 손을 타고 들어가 그 막으려는 곳이 허당이 되도록 만들고 나의 손은 이미 적의 경계를 눌러 버린다!"

"곤수이누수(棍手而漏手)?"

"이것은……."

헐떡임과 함께 악을 쓰듯 소리치고 그에 맞춰 권각과 투로를 펼쳐 보이던 영호준이 바닥에 털썩 주저앉았다. 운검의 호령에 맞춰서 투로를 펼치던 중 호흡과 동작을 일치시키는 것에 실패해 발이 꼬여 버린 것이다.

우뚝!

운검은 그제야 걸음을 멈췄다. 그렇다고 해서 손을 뻗어 바닥에 쓰러진 영호준을 일으켜 주지도 않는다. 그의 입에서 담담한 목소리가 흘러나왔다.

"이건 네놈이 가장 자신있다던 태극매화권(太極梅花拳)의 투로다. 어째서 권식과 보법의 호흡과 동작조차 일치시키지 못하는 것인지 알겠느냐?"

"자, 잘 모르겠습니다."

"모르는 게 당연하다. 네가 배운 태극매화권은 절반 이상 엉터리였으니까."

"예?"

영호준이 두 눈을 동그랗게 뜨더니 놀라서 벌떡 자리를 박차고 일어섰다.

태극매화권.

화산파에서 갈라져 나간 속가제자들이 섬서성 일대에 전한 몇 가지 권법들 중 하나다.

영호준은 어려서부터 다닌 무관에서 이 태극매화권을 연마했는데, 부근에서 당할 자가 없었다. 무관의 노사 역시 자질이 대단하다고 치켜세웠음은 물론이다.

당연히 운검이 가장 자신있는 무공이 뭐냐고 물었을 때 그는 태극매화권의 투로를 펼쳐 보였다. 속가라 해도 화산파와 연관되어 있는 무공을 익히고 있었음을 자랑하고 싶었던 것이다.

그런데 아니란다.

완전히 엉망진창이란 운검의 말에 기가 막혀 말을 못할 지경이다.

운검이 그런 영호준을 아랑곳 않고 말했다.

"태극매화권은 본시 팔강십이유(八剛十二柔)가 핵심이라 할 수 있다. 그런데 만일 태극매화권을 연마하는 자가 이에

밝지 못하다면 권중의 근골을 버리는 것과 같다. 왜냐하면 이 권법의 초식 중에는 곳곳에서 이 강과 유의 관계가 드러나 있기 때문이다."

"제, 제자도 노사님께 태극매화권을 처음으로 전수받을 때 그리 들었습니다!"

"그래? 그런데도 그 노사란 자가 팔강과 십이유를 제대로 융화시키지 않고 가르쳤다는 거냐? 아니다. 대답할 필요 없다. 처음부터 태극매화권을 익히기 위해선 독문의 내가심법이 필요한데 너는 전혀 내공 수련을 하지 않았으니, 애초부터 잘못된 길을 걸어온 것이나 다름없다."

"그럼?"

"너는 태극매화권을 처음부터 다시 배워야만 한다. 내가 내공심법 하나를 알려줄 테니, 곧바로 외우고 결코 남에게 함부로 알려줘선 안 될 것이다!"

"명심하겠습니다!"

'녀석. 항상 대답은 잘하지.'

내심 픽 하고 웃어 보인 운검이 태극매화권뿐 아니라 화산파의 거의 모든 권장지각술(拳掌指脚術)의 기본이라 할 수 있는 육합구소공(六合九霄功)의 구결을 가르쳐 줬다. 지난 수일간의 좌공 수련 결과 기감을 확실하게 느낄 수 있게 된 영호준에게 주는 일종의 선물이었다.

영호준은 운검이 세 차례 구결을 말해주자 곧 능숙하게 외울 수 있었다.

이제 매일 밤마다 운검이 좌공에 들기 전에 한 구절씩 풀이해 주면 점진적으로 내공 수련을 할 수 있을 터다. 한동안은 그것만으로 충분하리라 운검은 생각했다.

그때다.

운검 사제가 서 있던 관도 저편에서 붉은 그림자 하나가 모습을 드러냈다. 오늘 새벽 객점을 나서자마자 모습을 감췄던 진영언이 돌아온 것이다.

운검이 그때까지도 열심히 구결을 중얼거리고 있던 영호준의 뒤통수를 손바닥으로 때렸다.

탁!

"아!"

"속으로 외워."

"예······."

영호준도 비로소 자신들 쪽으로 빠르게 다가오고 있는 진영언의 존재를 눈치 챘다. 얻어맞은 뒤통수를 손으로 어루만지며 얼른 입을 앙다무는 모습이 꽤나 귀엽다.

그때 쏜살같이 운검 앞에 이른 진영언이 영호준의 얼굴을 먼저 살핀 후 운검에게 냉소를 던져 보였다.

"정말 느긋한 사제군. 오늘 새벽에 헤어졌는데 그동안 어떻게 여기까지밖에 오지 못한 거지?"

"진 소저가 너무 빠른 거요. 북궁세가 일행의 뒤를 따라간

줄 알았더니, 어째서 다시 돌아온 것이오?"

'귀신같은 놈!'

진영언이 운검을 징그럽다는 듯 바라봤다.

그와 함께한 며칠간.

이렇게 자신의 속마음을 대수롭지 않게 간파해 내는 그의 능력에 기가 질린 게 한두 번이 아니다. 가끔은 인두껍을 뒤집어쓴 요괴가 아닌가 생각될 정도다.

운검이 말했다.

"나는 요괴 따위가 아니오. 그런 눈으로 바라보지 마시오. 나는 그저 눈치가 남들보다 좀 빠를 뿐이오."

"조금?"

"소저가 마음에 들지 않으면, 좀 많이라고 정정하도록 합시다."

"……."

진영언은 순간적으로 눈앞에 서 있는 운검에게 특유의 일타일각을 날리고 싶다는 충동에 사로잡혔다. 그의 혀에 기름을 친 듯한 말투가 무척이나 얄미웠기 때문이다.

그러나 그동안 그녀는 온갖 방법으로 운검을 살펴봤지만 어떠한 형태의 내공도 느끼지 못했다.

몇 수 정도 숨겨진 재간은 있어 보이나 단지 그뿐이었다. 자신 같은 절정고수를 희롱할 만한 무위는 발견할 수 없었다.

그게 그녀의 행동을 제약했다.

'게다가 이자는 좀 이상해. 왠지 모르게 항상 내 맥을 끊어서 대화나 행동에 있어서 우위에 선단 말야. 어떻게 그런 일이 가능한지는 모르겠지만…….'

내심 중얼거린 진영언이 퉁명스레 말했다.

"이 길로는 더 이상 가지 않는 게 좋을 거야. 다시 고릉으로 돌아가도 좋고."

"그건 안 되겠소. 지난 며칠간 곰곰이 생각해 본 결과 이쪽 관도야말로 본래 내가 찾아가려던 곳으로 향하는 단 하나의 길임을 깨달았으니까."

"그럼 나중에 가."

"싫소."

운검의 완강한 태도에 진영언이 아미를 살짝 치켜 올렸다.

"도대체 가는 곳이 어디야? 어딜 가기에 그리 고집을 부리는 거야!"

"집이오."

"집?"

"그렇소. 나는 이십여 년 전 떠나온 집을 찾아가고 있는 중이오."

"이십여 년?"

진영언이 다소 황당하다는 표정으로 운검을 바라봤다.

남루한 복장에 다소 날카로운 인상.

못생긴 얼굴은 아니나 제자인 영호준이나 전날 봤던 북궁세가의 북궁휘 같은 미남은 아니다. 그냥 그럭저럭 봐줄 만한 정도의 외모다.

그런 운검의 나이는 많이 쳐줘봐야 갓 약관을 넘긴 정도로밖엔 보이지 않는다. 여태까지 그리 생각했기에 진영언은 편하게 그를 대하고 있었다. 영호준처럼 운검도 자신보다 어린 나이라고 여겼던 것이다.

그런데 이십여 년 전에 집을 떠났단다!

진영언이 느끼는 황당함도 무리는 아니다. 그녀의 그 같은 내심을 읽은 운검이 슬쩍 이를 드러냈다.

"내가 좀 동안이긴 하오만, 그리 놀랄 것까진 없지 않소?"

"그래서 나이가 몇인데?"

"스물다섯."

"뭐야! 나보다 두 살밖엔 많지 않잖아!"

"두 살밖에라니! 두 살이나지!"

"됐고!"

운검의 항의를 중간에서 딱 잘라 버린 진영언이 눈매를 살며시 가늘게 만들며 말했다.

"그럼 다섯 살도 되기 전에 집을 떠나온 거야?"

"서로 간에 나이를 알았으니, 이젠 말투 좀 높여주면 좋겠소만?"

"강호는 힘이 정의야!"

"끝까지 반말을 고수하겠다는 거요?"

"아무렴. 그런 거 따지지 말고 어서 다섯 살도 되기 전에 집을 떠나온 까닭이나 말해봐!"

"흐음……."

운검이 가벼운 신음과 함께 고개를 가로저었다. 대답하지 않겠다는 뜻을 분명히 한 것이다.

진영언의 아미가 다시 치켜 올라간다.

"뭐야! 어째서 대답하지 않는 건데?"

"우리가 개인적인 일까지 나눌 만큼 친한 사이였던가요?"

"그야 그렇진 않지만……."

"그럼 그렇게 강요하기 전에 먼저 어째서 내가 이 길을 가선 안 되는지에 대해서 말해보는 게 어떻소?"

'쳇! 교활한 자식! 이딴 말로 내게서 정보를 얻어내려 하다니! 나이도 얼마 먹지 않은 녀석이 어떻게 이렇게 얄밉고 속에 능구렁이가 틀어 앉아 있을까?'

진영언은 운검이 원하는 바를 눈치 채곤 내심 혀를 찼다. 하마터면 그의 교묘한 말장난에 속아 넘어갈 뻔했다고 생각했다.

그러나 운검은 이미 진영언의 대답이 필요없는 상태였다. 그녀와 일부러 대화를 길게 가져갔다. 그렇게 함으로써 자신이 원하던 정보를 거진 얻는 데 성공했다.

'역시 북궁세가의 뒤를 따라갔었군. 그보다는 잘생긴 북궁휘의 뒤를 쫓아갔다는 편이 더 옳다고 해야 하려나? 하지만 어째서 북궁세가 일행이 위험에 빠지게 된 것이지? 아니, 섬서성에서 감히 서패를 건드릴 담량을 지닌 세력이 존재하긴 한 것일까?

진영언에게서 얻어낸 정보 중 하나.

그것은 북궁세가 일행의 위기를 전해주고 있었다. 진영언에게서 명확하게 느껴져 왔다.

그 점이 운검은 이해가 되지 않았다. 그가 아는 한 섬서성 일대에서 서패 북궁세가의 무사들에게 시비를 걸 만한 세력은 아예 존재하지 않았기 때문이다.

그렇다면 다른 식으로 생각해 볼 필요가 있다.

음모.

운검은 전날 북궁휘에게서 전해져 왔던 진한 고독과 외로움을 떠올렸다. 그것은 화산에서의 오 년간 완전히 고립되어 있었던 자신을 닮아 있었다. 그리 느꼈다.

'이건 북궁세가 내부에서 벌어진 일이다! 북궁휘는 가문에 속한 어떤 자의 음모에 걸려든 거야!'

결국 전후의 사정을 고려해 한 가지 결론을 도출하는 데 성공한 운검에게 진영언이 살짝 날이 선 목소리로 말했다.

"마지막으로 말하겠다! 너는 이 길로 가선 안 돼! 나는 호의를 가지고 네게 말해주고 있는 거야!"

"알겠소."

"뭐?"

"진 소저의 권고대로 다시 고릉으로 돌아가겠다고 말한 것이오. 단! 이건 어디까지나 진 소저의 명에 따르는 거니, 고릉에서 지낼 때까지의 숙식료를 해결해 주셔야만 되겠소."

"나, 나더러 또 돈을 내라는 거냐?"

"물론이오. 다시 말하지만 우리 사제가 고릉으로 돌아가는 건 어디까지나 진 소저의 요구에 따르는 것이오. 그러니 진 소저는 그에 대한 대가를 치러야만 마땅하지 않겠소?"

"하!"

진영언이 기가 찬 탄성과 함께 품속에서 전낭을 끄집어내 두 냥가량의 은자를 운검 앞에 내동댕이쳤다. 대략 철전 스무 냥 정도의 가치다.

운검이 영호준에게 명했다.

"챙겨둬라!"

"예!"

영호준이 낯을 붉히면서도 얼른 다가와 은자를 챙겼다. 운검의 제자가 되는 과정에서 몇 번이나 사고를 쳤던 게 맞나 싶을 정도로 공손하고 순종적인 모습이다.

운검이 그 모습을 눈으로 살피곤 진영언에게 말했다.

"이 정도면 이틀이오."

"은자 두 냥에 이틀이라고?!"

"그렇소. 숙박료와 우리 사제 두 사람의 일당을 포함한 가격이오. 그만큼이 적당하다고 생각하오."

으득!

진영언이 결국 참지 못하고 이를 갈았다. 좋은 의도로 운검 사제를 찾아왔는데, 마치 돈을 털리는 꼴을 당하자 분기를 참을 수 없을 지경이었다.

그렇다고 이제 와서 운검 사제에게 다시 고릉으로 돌아가야 하는 이유를 미주알고주알 말하고 싶진 않았다. 왠지 꼴이 우스워질 것 같았기 때문이다.

'어째서 이 사제와 연관이 된 이후부터 내가 요 모양 요 꼴이 된 거얏! 조금이라도 내력만 느껴지면 당장에 광풍백연타를 네댓 차례 먹여줄 것인데! 그것도 아니면, 내게 그냥 조금이라도 대드는 구석이라도 있던가!'

진영언이 양부 권각무적 초삼제 외에 따로 사사한 사부는 정파의 인물이었다.

그녀에게 무공을 전수해 줄 때 몇 가지 엄한 규약을 걸었는데, 그중 하나가 바로 내공이 느껴지지 않는 자에 대해선 먼저 선공을 가하지 않는다는 거였다.

그도 그럴 수밖에 없는 것이 사부의 절기는 하나같이 매우 무서운 내가중수법을 바탕으로 하고 있었다. 내공조차 없는 사람에게 함부로 사용할 만한 성질의 것이 아니었다.

진영언의 그 같은 마음을 운검은 하나도 빼놓지 않고 읽었다. 자연스럽게 파악했다.

확실한 약점!

건수를 잡았으니, 확실하게 이용하지 않을 까닭이 없었다.

"그럼 진 소저도 동의한 줄로 믿고 우리 사제는 이만 고릉으로 돌아가겠소이다. 제자야, 가자!"

"예, 사부님!"

진영언이 보는 앞에서 아무런 미련 없이 신형을 돌린 운검의 뒤를 영호준이 황급히 따랐다.

힐끔.

운검과 달리 마음이 독하지 못한 영호준이 뒤에 남은 진영언을 쭈뼛거리며 바라봤다. 얼굴이 온통 붉어져 있는 게 마음속 깊이 죄책감을 느끼고 있는 게 분명했다.

휙! 휙!

진영언이 귀찮은 파리라도 쫓으려는 것처럼 영호준을 향해 손을 내저어 보였다. 사부가 미우니, 그동안 나름대로 호감을 가지고 있었던 제자도 밉다.

그때 운검의 낭랑한 목소리가 흘러나왔다.

"직통이구수(直通而勾手)?"

"아! 시, 실전에서 적은 예리한 권으로 밀고 들어오는데 이때 나는 정신을 가다듬고 손이 닿으면 구를 걸어 타격을 희석시킨다. 높게 오면 위로 걸고 낮게 오면 아래로 건다!"

"채수이입수(采手而入手)?"

"적의 손이 들어오면 나는 이를 낚아채어 손을 따라 들어가 방어하기 어려운 곳에서 적을 친다! 혹은 손을 돌려 걸거나 손을 따라 당긴다!"

"느려도 좋다! 반드시 동작과 호흡을 일치시켜라!"

"예! 예!"

영호준은 연신 소리치며 태극매화권의 투로에 온 정신을 집중했다. 이미 진영언에 대한 죄책감이나 부끄러움 따윈 그의 머릿속에 남아 있지 않았다.

'태극매화권? 헤에! 꼴에 제법 괜찮게 제자를 가르치고 있잖아! 그래 봤자 이론상으로 내뱉는 소리에 불과해 보이긴 하지만……'

진영언은 권법의 고수다. 그것도 상당히 높은 경지에 오른 절정의 고수다.

당연히 운검의 영호준에 대한 태극매화권 수업이 상당한 수준임을 한눈에 알아볼 수 있었다. 내심 감탄하는 마음이 들지 않을 수 없다.

하지만 그것도 잠시였다.

그녀의 시선을 잡아두기엔 태극매화권은 지나치게 평범했다. 비록 수업 방법이 탁월하다 해도 크게 관심이 동하진 않았다. 운검 사제가 시야에서 모습을 감추자 그녀가 한쪽 손으로 다른 쪽 팔뚝을 감싸며 기지개를 켜 보였다.

우드득!

기다렸다는 듯 관절이 요란한 소리를 낸다.

그와 함께 흑백이 또렷한 두 눈에 안광을 깃들인 진영언이 시선을 뒤로 던졌다. 다름 아닌 방금 전에 그녀가 달려온 방면이었다.

"그럼 이제 귀찮은 날파리들도 돌려보냈고 하니, 슬슬 강북 녹림십팔채의 떨거지들이 잔뜩 천라지망을 펼치고 있는 이유를 살피러 가볼까나? 어째서 내가 아니라 북궁세가를 상대하려 하는지는 모르겠지만."

진영언이 나직한 뇌까림과 함께 도톰한 입꼬리의 한쪽 끝을 치켜 올렸다.

호기심?

그런 것보단 전의(戰意)라 함이 옳을 터다.

밤.

오후 늦게가 되어서야 고릉으로 돌아온 운검은 제법 바쁘게 움직였다.

마사로 가서 말 한 필을 얻고, 가장 값싼 객점을 잡고, 대장간에 가서 역시 가장 값싼 철검도 구입했다. 이 모든 비용은 진영언에게서 받아낸 은자로 해결했음은 물론이다.

갑자기 사람이 변한 것 같다.

그래 보인다.

하루 종일 운검의 뒤를 졸래졸래 따라다니다 객점에 든 영호준이 문득 질문을 던졌다.

"사부님, 제자 궁금한 점이 있는데, 가르침을 청해도 되겠습니까?"

"아니."

"…예!"

운검에게 이런 꼴을 당한 게 한두 번이 아니다. 이젠 슬슬 그의 독특한 성품에 익숙해져 가고 있는 영호준이 고개를 주억이곤 군말없이 입을 닫아걸었다.

'자식! 진작에 이렇게 고분고분할 것이지. 하지만 무공에 대한 자질은 생각했던 이상이야. 한 몇 년 가르치면 강호에서 제 앞가림을 하고 다닐 수 있겠어.'

운검은 어느새 영호준을 진지하게 바라보고 있었다. 애초에 강호에서 맞아 죽을까 봐 제자로 거둬들였을 때완 마음이 조금 바뀌었다.

내심 고개를 끄덕인 그가 영호준에게 명했다.

"좌공에 들어가라!"

"예!"

"오늘부터는 낮에 일러준 육합구소공의 구결에 따라 진기도인을 한다. 여태까지완 달리 쉽지 않을 테니까 단단히 마음먹어야 할 것이다!"

"명심하겠습니다!"

"육합구소공의 구결을 외워봐!"

"예!"

영호준이 기운찬 대답과 함께 운검이 가르쳐 준 육합구소공의 구결을 한자한자 정성 들여 외웠다. 시간이 꽤 지났는데 한 자도 틀리지 않는다.

"좋아."

만족스런 표정으로 영호준을 바라본 운검이 구결 중 몇 군데에 관한 설명을 덧붙였다. 내공심법이란 이처럼 구결과 설명이 합치되어야만 제대로 된 수련을 할 수 있다.

그렇게 운검의 가르침을 받은 영호준이 곧 좌공 수련에 들어갔다. 지난 며칠간 느껴왔던 기를 육합구소공을 이용해 단전으로 이동시키는 축기에 들어간 것이다.

잠시 영호준의 호흡과 몸 상태를 면밀히 살피고 있던 운검이 침상에서 일어섰다. 손에는 어느새 낮에 대장간에서 구입한 철검이 들려져 있다.

백련정강(百鍊精鋼)으로 된 화산파의 매화검!

그와는 아예 비교조차 되지 않는 철검이나 운검은 전혀 개의치 않았다. 어떤 검이든 그의 손에 들리면 매한가지의 위력을 발휘할 수 있으리란 자신감 때문이다.

'북궁휘는 강해. 아마 북궁세가 내에서 알려진 것보다 몇 배는 강할 거야. 하지만 그도 아직 제대로 된 혈전을 벌여본 적이 없는 애송이야. 만약 피투성이 싸움이 벌어지게 된다면 예기치 못한 결과를 만날 수도 있을 터인즉!'

운검이 화산파에 계속 속해 있었다면 결코 쉽사리 결정하지 못했을 일이다. 섬서성에서 북궁세가의 내정에 대한 간섭

이 일으킬 파장은 결코 작지 않기 때문이다.

그러나 그는 지금 자연인이었다.

자신이 원하는 것을 마음대로 할 자유가 있었다. 뿐만 아니라 북궁휘는 강호에 나와서 처음으로 사귄 벗이었다. 마음을 나눈 친구였다. 어처구니없는 죽음을 당하게 그냥 내버려 둘 마음은 전혀 없었다.

"후후, 게다가 그 녀석과는 아직 제대로 검을 맞대보지 못했단 말씀이야……."

나직한 중얼거림과 함께 운검이 객실을 빠져나갔다. 마사에서 사 온 말을 타고서 밤새 달릴 작정이었다. 그래서 위기에 빠진 북궁휘를 구하고자 했다. 진영언의 제안을 순순히 받아들인 건 바로 그 때문이었다.

*　　　*　　　*

오잔의 대형인 안원이 칠 척이나 되는 덩치에 금색 갑주를 걸친 거한 앞에 정중하게 허리를 숙인 채 서 있었다. 극도로 공손한 표정을 짓고 있긴 하나 내심 곤란한 표정이 완연하다.

'공교롭다! 어떻게 한동안 산채에 코빼기도 보이지 않았던 태상호법이 갑자기 모습을 드러냈단 말인가?'

강북 녹림십팔채의 태상호법!

현 강북 녹림의 총표파자인 권마(拳魔) 우금극의 사부이자 외가일절이라 불리는 금갑불괴(金甲不壞) 강패다. 그는 본래 외가조종인 소림사(少林寺)의 제자였는데 수행 중에 색계를 범해서 파문을 당하고 말았다.

본래 전신의 근맥이 끊기고 내공이 전폐당해야 마땅하나 워낙 외공의 조예가 깊어서 소림사의 계율원의 고수 몇을 때려죽이고 달아나는 데 성공했다.

당연히 소림사에서는 황급히 절정의 고수인 십팔나한(十八羅漢)을 파견해서 그를 붙잡으려 했으나 하필 그때 구마련이 하남성(河南省)으로 세력을 확장해 들어왔다. 계속해서 파문된 제자 하나를 쫓기 위해 문파 내의 최고 고수들을 밖으로 내돌릴 순 없는 상황이 된 것이다.

덕분에 목숨을 건진 강패는 강북 녹림십팔채에 투신했다. 그곳밖에는 소림사 고수들의 이목을 피해 안정을 꾀할 만한 데가 없었기 때문이다.

'태상호법은 무공으로만 치면 총표파자보다 더 뛰어나단 평가를 받는다. 하지만 요 몇 년간 제자인 총표파자의 은근한 경원을 받고 있어서 산채에 잘 모습을 드러내지 않는다고 들었다. 그러니 속이는 게 아니라 회유해야만 할 것이다.'

냉정하게 현 상황을 가늠한 안원이 얼른 강패에게 고했다.

"태상호법님! 갑자기 대사를 치르게 되어서 걱정이 많았는데, 이렇게 귀하신 분께서 친히 왕림해 주시니 정말 감사할 따름입니다!"

"그냥 지나가던 길에 들렀을 뿐이다. 왕림이란 말은 어울리지 않는 말이야. 그런데 어째서 일대의 산채들이 텅텅 빌 정도로 인원을 모은 것이지?"

'역시 태상호법! 곧바로 핵심을 찔러오는군!'

내심 경호성을 발한 안원이 다시 허리를 숙여 보이며 고했다.

"본래 저를 비롯한 오잔은 얼마 전 장강을 넘어온 강남 녹림의 총표파자 홍염마녀 진영언을 상대하기 위해 산채를 나섰습니다."

"홍염마녀 진영언? 그 권각무적 초삼제의 예쁘다고 소문난 양녀를 말하는 것인가?"

"그렇습니다."

"흐응……."

강패가 웬만한 어린애의 머리통만 한 손으로 자신의 턱밑을 더듬으며 입가에 음충맞은 미소를 매달았다.

벌써 육순을 넘긴 나이.

하지만 여전히 이십대 청년 못지않은 젊음을 자랑하는 태산 같은 몸을 지니고 있었다. 강남 녹림 일대에서 소문난 미녀인 진영언이 장강을 넘어왔다니 마음이 동하지 않을 수 없다.

안원이 얼른 강패의 속마음을 눈치 챘다.

"홍염마녀 진영언은 양부인 권각무적 초삼제의 죽음을 계속 강북 녹림십팔채의 음모라고 주장하고 있습니다. 그래서 강남의 녹림도들을 잔뜩 끌어 모으기까지 했으니, 결코 이번에 다시 장강을 넘게 해선 안 될 거라 사료됩니다."

"그렇겠지. 그럼 이 부근에 그 계집이 있겠군? 이 많은 산적들을 끌어 모은 건 천라지망을 펼쳐서 토끼몰이하듯 그년을 잡아들일 심산일 테고?"

"그것도 한 가지 이유입니다만, 다른 까닭도 있습니다."

"다른 까닭?"

"그 건에 대해서는 잠시 태상호법님께 가르침을 받아야만 할 것 같습니다."

"……."

안원의 은근한 표정을 눈으로 살핀 강패의 얼굴에 마뜩찮은 기색이 스쳐 갔다.

그 역시 녹림에서 잔뼈가 굵은 터.

이리와 같이 흉하고 또 흉한 음모의 내음을 맡지 못할 리 만무하다.

第十章

강호무정(江湖無情)
강호는 무정하니, 검끝에 인정을 바라지 말라!

우직!

 북궁세가의 내분에 관한 안원의 설명을 끝까지 들은 강패가 앉아 있던 나무 의자의 팔걸이를 손으로 뭉개 버렸다. 단단한 대나무를 얽어서 만든 터임에도 평범한 손아귀 힘조차 감당치 못한다.

 그와 함께 벌떡 자리에서 일어선 강패가 흉맹한 눈빛을 안원에게 던졌다.

 "당돌하구나! 어째서 우리 강북 녹림십팔채가 서패 북궁세가의 내부 알력 싸움에 끼어들어야만 한다는 것이냐?"

 "현재 천하는 사패의 세상입니다! 그중 한 군데인 북궁세가의 요인과 이번 기회에 줄을 만들어놓는 것은 결코 나쁜 일은 아닐 것입니다!"

"잘못되면? 이번 일이 잘못된다면 북궁세가와 강북 녹림십팔채는 피투성이 싸움을 벌여야 할지도 모른다! 왜 그 점은 생각하지 않는 것이냐?"

"잘못될 이유가 없습니다! 이미 북궁세가의 삼공자를 호위하는 책임자와 사전 교합이 끝난 상황이니까요! 다만, 이번에 인원을 좀 많이 끌어들인 건 부근을 돌아다니는 홍염마녀 진영언까지 한꺼번에 붙잡아들이기 위함입니다!"

"홍염마녀 진영언까지 붙잡아들이겠다고?"

"그렇습니다! 그래서 말인데, 그 진영언까지 신경을 쓰다간 대사를 그르칠 수 있습니다. 그러니 태상호법님께서 그쪽을 맡아주시지 않겠습니까?"

"내가아?"

강패가 언제 노발대발했냐는 듯 다시 얼굴에 음충맞은 표정을 만들어 보였다. 안원이 노렸던 대로다.

"그렇습니다! 비록 홍염마녀 진영언의 무위가 권각무적 초삼제에 비해 못하지 않다곤 하나 어찌 태상호법님과 견줄 수 있겠습니까? 태상호법님께서 그녀를 맡아주신다면, 우리 오잔은 안심하고 북궁세가의 삼공자를 제거하는 데 모든 전력을 기울일 수 있을 겁니다."

"……"

강패는 마음이 크게 땡기는 걸 느꼈다.

사실 근래 들어 제자인 권마 우금극과의 사이가 소원해진 터였다. 특별히 그와 강북 녹림십팔채가 걱정되진 않았다. 그냥 태상호법의 체면상 한차례 성질을 부린 것뿐이었다.

'이번 일은 이 안원이란 녀석이 공명심 때문에 독단적으로 저지른 게 분명하다! 그러니 후일의 책임 또한 이 녀석이 몽땅 짊어질 테지! 나는 대충 뒤로 물러서서 모른 척하고 있다가 야들야들한 강남의 미녀나 붙잡아서 회포를 풀면 될 것이다!'

강패는 벌써부터 아랫도리가 뻐근해 오는 걸 느꼈다. 나이가 들 만큼 들었는데도 이놈의 정욕은 수그러들 기미를 보이지 않는다.

잠시의 침묵 끝에 결국 강패가 천천히 고개를 끄덕여 보였다.

"알겠네. 이번 일은 처음부터 끝까지 모두 안원, 자네가 진두지휘를 한 것이니, 나도 굳이 훼방을 놓진 않겠네. 자네 요청대로 홍염마녀 그 계집은 내가 맡도록 함세."

"탁월하신 판단이십니다!"

안원이 아부의 말과 함께 내심 강패를 욕했다. 그가 자신에게 모든 책임을 전가하고 진영언만 가로챌 심산임을 대번에 눈치 챈 것이다.

'하지만 태상호법! 당신은 이미 이번 음모에 한발을 들여

놓게 되었소! 절대로 쉽사리 빠져나갈 순 없을 것이오! 유 총관님이 그리 놔두지 않을 테니까!'

안원의 뇌리로 독사처럼 차갑고 냉정한 북궁세가의 총관 소리장도 유성월의 모습이 스쳐 지나갔다. 직속상관인만큼 그에 대해선 나름대로 파악하고 있는 점이 많았다.

다음날.
고릉에서 약 백여 리 정도 떨어진 동천(銅川) 일대에 관도로 족히 이백여 명이 넘는 녹림의 천라지망이 펼쳐졌다.
그 중심.
안원을 비롯한 오잔이 있었다.

* * *

위남의 하가장.
밤의 기운이 절정을 향해 치닫고 있던 중 혼곤한 잠에 빠져 있던 빙나찰 냉요란은 화들짝 놀라 자리에서 일어섰다.
어느새 목젖에 닿아져 있는 섬뜩한 감촉!
지난 오 년여간 잠시 잊고 있던 죽음과 공포란 낱말을 그녀에게 빠르게 일깨워 주고 있다.
'사, 상공은……'
냉요란의 시선이 얼른 자신의 옆자리를 차지하고 있던 하가장주 하성문을 향했다. 어느새 자신의 목숨보다 그의 안위를 더 걱정하게 되어버렸다.

그때 그녀의 귓전으로 전음 하나가 파고들었다.

"빙나찰 냉요란, 아직까지 이곳에서 죽은 건 개새끼 한 마리 없다. 하지만 이후는 네가 앞으로 어떤 행동을 취할 것인지에 달린 일일 테지."

"련에서 나오셨습니까?"

"물론."

냉요란의 안색이 흙빛으로 변했다. 련이란 다름 아닌 구마련을 뜻한다. 그녀는 내심 오 년 만에 처음으로 비맥을 통해 운검에 대한 사항을 흘린 것을 후회했다.

'만전에 만전을 기한다고 했건만, 이렇게 쉽사리 내 위치가 련에 노출될 줄이야……'

만시지탄(晩時之歎)이다. 소를 잃고 외양간을 고치는 격이라 아니 할 수 없었다.

내심 한탄을 토한 냉요란이 손가락을 내밀어 목젖에 닿아져 있는 서늘한 검신을 밀어냈다.

주륵!

검신의 날카로움이 놀라워 어느새 그녀의 손가락과 목젖에는 선홍빛 핏방울이 맺혀져 있다.

"옷을 갈아입을 시간을 조금만 주세요."

"반 각."

짤막한 전음과 함께 여전히 냉요란의 바로 코앞에 머물러 있던 검신이 사라졌다.

슥!

그와 더불어 귓전을 울린 한차례 기음.

냉요란은 어느새 자신의 시야를 벗어나 문밖으로 빠져나간 검의 주인의 표홀한 움직임에 내심 침음을 삼켰다. 잠시 뇌리에 머물렀던 망설임이 순식간에 사라졌음은 물론이다.

"아!"

냉요란은 정갈한 백의궁장을 걸친 채 밖으로 나서자마자 나직이 신음을 토해냈다.

교교한 달빛 아래.

한 명의 미녀가 월광이 만들어낸 은빛 날개에 휘감긴 채 야천을 바라보며 서 있다.

절대적인 아름다움.

냉요란은 같은 여인임에도 미녀의 아름다움에 감탄을 참을 수 없었다. 평생 본 어떤 여인이라도 지금 앞에 서 있는 미녀의 마력적인 아름다움을 능가할 순 없을 것 같았다.

스슥!

잠시 넋을 잃어버린 냉요란의 앞에 암흑과 거의 일체화되어 있는 흑의검사가 모습을 드러냈다. 얼마 전 그녀의 목젖에 한 가닥 혈흔을 남긴 사검이다.

'저자는 사검! 구마련주님이 키운 기명제자가 분명하다. 그렇다면 역시 그런 것이겠지……'

오로지 자신만 알아들을 수 있는 뇌까림과 함께 냉요란이 사검을 지그시 바라보며 말했다.

"그대는 구마련주님의 기명제자인 사검이 분명할 터. 나는 전날 구마련의 당주를 역임했던 몸으로 대공녀를 뵈러 가려 하니, 길을 비켜주게나!"

"……"

사검은 대답 대신 시선을 자신의 주인인 대공녀 소수여제 위소소에게 던졌다. 그녀의 명만 받들겠다는 무언의 의지 표명이다.

위소소가 묘한 마력이 깃든 시선을 야천으로부터 떼지 않은 채 말했다.

"사검, 잠시 물러나 있어."

"존명!"

사검이 복명과 함께 다시 어둠 속으로 자취를 감춰 버렸다. 그저 몇 걸음 이동했을 뿐인데, 그의 자취를 발견하기란 여간 힘들지 않다.

'놀라운 은신법. 내 은형잠둔술 따윈 비교조차 되지 못하겠어……'

내심 탄성을 발한 냉요란이 한차례 심호흡과 함께 자신을 기다리고 있는 위소소에게 다가갔다. 더 이상 피할 수 없게 됐음을 알고 있었기 때문이다.

사락!

냉요란이 그림같이 바닥에 부복했다. 아직 이른 봄이라 밤기운이 내려앉은 대지는 차갑게 식어 있었으나 전혀 개의치 않았다.

눈앞의 여인.

오 년 전 무너져 버린 구마련에서 현재 가장 존귀한 신분이다. 한때 당주의 위치에 있던 냉요란조차 부복을 할 수밖에 없다.

"천첩 냉요란이 대공녀를 뵈옵니다!"

"비맥은 지난 오 년간 죽어 있었다. 그래서 네가 있는 곳까지 찾아오기가 무척 힘들었다."

"죄, 죄송합니다……."

"사과할 필요 없다. 중원에 남은 본 련의 문도들로 하여금 비맥을 끊고 잠적하라고 명령을 내린 건 나와 사대마종이니까."

"……."

냉요란은 숨이 막히는 것 같았다.

여전히 자신을 바라보지 않고 있는 위소소에게서 뿜어져 나오는 기이한 기운에 정신이 아찔했다.

'이건… 그분을 만났을 때와 비슷하다. 아니, 그렇지 않아. 그분에게 느꼈던 느낌만큼 강렬하나 좀 달라…….'

냉요란은 운검을 떠올리며 숨을 헐떡거렸다. 극도의 외경과 두려움만을 남겨줬던 게 운검의 천사심공이라면, 지금 위소소에게서 뿜어져 나오는 기운은 흡사 그녀에게 지옥에 빠진 듯한 고통을 전해줬다. 분명 그랬다.

"어떤가? 어떤 느낌이지?"

"괴, 괴롭습니다……."

"그렇겠지. 소수현마경은 구마련의 마공을 연마한 자들의 심령을 옥죄는 기운을 함유하고 있으니까. 그자는 어땠지?"

"대, 대공녀님과 달랐습니다."

"다르다?"

비로소 위소소가 야천으로부터 시선을 거둬들였다. 냉요란의 대답이 예상 밖이었기 때문이다.

'정말 천사심공이 다시 세상에 나왔다는 건가? 분명 오라버니가 돌아가시면서 실전이 되었을 터인데…….'

내심 중얼거린 위소소가 냉요란을 똑바로 바라봤다.

소수현마경의 가중.

냉요란의 입에서 당장이라도 숨이 끊길 듯한 헐떡거림이 터져 나왔다. 과거 구마련에 속한 마인들의 심령을 제압하기 위해 고안된 첫 번째 마공이 소수현마경인만큼 당연한 결과다.

"어떻게 다르지? 말해봐!"

냉요란이 가슴을 쥐어뜯으며 대답했다.

"그, 그는 달랐습니다! 한차례 현기증을 느꼈을 뿐 어떠한 고통도 느끼지 못했는데도 감히 저항할 엄두를 내지 못했습니다! 마치 과거 련주님을 뵈올 때와 다름없었습니다……."

"호오!"

위소소의 선홍빛 입술 새로 가벼운 탄성이 흘러나왔다. 냉요란이 한 말의 의미가 그녀의 가슴에 깊은 화인을 만들어냈기 때문이다.

덕분이랄까?

소수현마경의 위력이 약해지자 냉요란은 가까스로 숨이 넘어가는 걸 면했다.

그렇다 해도 얼굴 가득 번질거리는 땀방울!

그녀가 지옥문의 바로 앞까지 이르렀다 돌아왔음은 누구든 알 수 있을 터였다.

문득 상념에 젖어 있던 위소소가 서늘한 목소리로 말했다.

"내 수발을 들 여인이 한 명 필요하다."

"내, 내일 당장 구해 드리겠습니다……."

"네가 해라."

"예? 하지만 천첩은……."

"거부한다면 오늘 밤 중으로 하가장은 거대한 무덤으로 변할 것이다."

"……."

막 항변하려던 냉요란이 입을 굳게 다물었다. 과거 구마련의 행사라면 능히 그러고도 남음이 있었기 때문이다.

주르르륵!

부군인 하성문이 잠들어 있는 안채 쪽을 바라보며 냉요란이 두 볼 가득 눈물을 담았다. 이제 떠나면 언제 다시 돌아오게 될지 짐작조차 못하겠다. 지난 오 년간이 한바탕 꿈이나 다름없다는 생각이 들었다.

다음날.

하가장은 새벽 무렵부터 난리가 났다. 얼마 전 가모가 된 냉요란이 밤중에 감쪽같이 사라진 게 그 원인이었다.

가주 하성문과 정근모 노인은 냉요란을 찾기 위해 백방으로 수소문을 해댔다. 두 사람 다 한동안 미친 사람 같았다. 그렇게 행동을 했다.

하지만 세월이 약이라던가!

대충 삼 개월이 지나갈 무렵이 되자 두 사람 모두 며느리이고, 아내였던 냉요란을 찾는 데 지쳐 갔다. 그녀가 두 사람에게 시전했던 혈빙투안섭혼공의 공능이 점차 사라져 간 까닭이다. 냉요란이 떠나기 전날 밤 마지막으로 남긴 선물이었다.

* * *

다각! 다각! 다각!

운검은 새벽이 가까워 오도록 말의 박차를 가하며 내심 쓰게 웃었다.

'쳇! 돈을 너무 지나치게 아꼈나? 말 주제에 기껏해야 하룻밤을 달리고 퍼지려고 하다니!'

과연 그랬다.

운검을 태운 말은 지금 당장이라도 바닥에 널브러져도 놀랍지 않을 정도로 지쳐 있었다. 입에 가득한 게거품은 그렇다 쳐도 박차를 가할 때마다 몸을 움찔움찔 떨어 보이는 게 어디 중병이라도 든 것 같다.

그러나 운검은 말의 사정을 봐줄 만큼 한가롭지 못했다. 어제 낮에 진영언을 속여 넘기고 제자 영호준을 떼어놓느라 고릉으로 돌아가야만 했다.

다시 왔던 길을 되돌아가고 있는 만큼 언제쯤 북궁세가 일행을 따라잡을 수 있을지 알 수 없었다. 혹시 그사이 이미 암습을 당했을지도 모르는 일이니, 말을 혹사시켜서라도 길을 재촉할 수밖에 없었다.

그런 생각과 함께 운검이 다시 박차를 가한 것과 동시였다.

용케도 관도 위를 달리고 있던 말이 나직한 단말마와 함께 힘없이 바닥에 주저앉았다.

전혀 예상조차 못했던 변화다.

"이런!"

운검이 바닥에 푹 고꾸라지듯 무너지는 말의 반동에 맞춰서 안장을 발끝으로 찍고는 살짝 위로 뛰어올랐다. 말이 바닥에 꼴아박히는 충격을 회피하기 위한 동작이다.

당연히 이는 내력을 사용하지 못하는 운검으로선 최선의 선택이었다. 그만큼 보신경의 기본을 철저히 지킨 채로 적절한 시기와 균형을 맞출 수 있기에 펼칠 수 있는 수법이기도 했다.

타탁!

바닥에 착지하는 것과 동시에 두어 차례 다시 뛰어서 신형을 안정시킨 운검의 눈에 이채가 스쳐 갔다. 무엇 때문에 잘 달리던 말이 바닥에 꼴아박혔는지 찾아낸 것이다.

"밧줄……"

관도의 한가운데에는 놀랍게도 가느다란 줄이 몇 개에 걸쳐서 장치되어 있었다. 길의 양쪽 가장자리에 위치한 나무밑동에 줄을 매놓은 것이다. 운검을 태우고 있던 말은 바로 이 줄에 다리가 걸려서 넘어져야만 했다.

"…을 매어놓다니! 누가 이런 짓을?"

운검의 안색에 짜증이 스쳐 갔다.

비싼 값을 주고 산 말이 눈앞에서 죽었다. 아직 가야 할 길이 얼마나 남았는지 모르는 터에 화가 나지 않을 수 없다.

한데, 그때다.

마치 운검의 이같이 짜증나는 기분을 풀어주기라도 하려는 듯 관도의 양측에서 대여섯 명의 야행인들이 모습을 드러냈다.

한눈에 봐도 알 수 있다. 산적 복장을 한 녹림도들이었다.

'이 싸가지없는 산적노므 새끼들!'

운검은 호랑이 무서운 줄 모르고 희희덕대며 다가오는 녹림도들을 향해 검을 빼 들고 걸어가기 시작했다.

본래는 싸움은 피할 수 있으면 피하는 주의나 이번만은 그냥 넘어갈 수 없었다. 일단 속에서 부글거리고 있는 화부터 풀어야만 했다.

"뭐?"

"엇!"

"헉!"

운검은 딱 한 번씩만 검을 날렸다. 그것만으로 최선두에 섰던 세 명의 견정혈을 꿰뚫어 손에 들고 있던 병기를 모조리 떨궈 버렸다.

그것만으로 끝일 리 없다.

운검의 검은 뒤따르던 나머지 세 명 역시 봐주지 않았다. 월광을 가르며 일어난 차디찬 검광과 함께 나머지 세 명 역시 앞섰던 자들과 똑같은 꼴이 되었다.

황당하고 겁을 집어먹은 표정들!

항상 다른 사람들에게 그 같은 표정을 짓게 만들던 녹림도들이 운검의 손에 쥐어진 철검을 바라보며 부들거리며 몸을 떨었다.

도무지 자신들이 어떤 수법에 당했는지도 모르겠다.

그저 눈앞에서 검광이 몇 차례 휙휙 지나갔을 뿐인데, 견정혈을 찔려 반신이 마비되고 병장기 역시 모조리 바닥에 떨궜다. 사신(死神)을 만난 듯한 착각에 빠지지 않을 수 없다.

슥!

운검이 삽시간에 제압한 녹림도들을 둘러본 후 그중 가장 겁 많게 생긴 자에게 다가갔다.

"이곳에서 길을 막는 게 임무겠지?"

"어, 어떻게 그걸……."

"아냐고?"

"…예!"

'그야 뻔하니까지.'

내심 퉁명스레 대답한 운검이 수중의 철검에 맺힌 피를 혀로 핥으며 말했다.

"지금부터 요 앞에 펼쳐져 있는 천라지망에 대해서 하나도 빼놓지 않고 말해! 나는 성격이 급하니까 빨리 아는 걸 몽땅 털어놓는 게 좋을 거야. 말을 해줄 입은 자네가 아니라도 아직 다섯이나 남았으니까."

"헉!"

운검이 선택한 녹림도는 과연 겁이 많았다.

적절한 연출과 함께 통속적인 협박을 내뱉자 온몸을 마구 떨면서 정신없이 떠들어대기 시작했다. 그중 운검이 알고 싶었던 사항들이 꽤 많이 포함되어 있었음은 물론이다.

 '휘이! 이백 명이라? 역시 사패에 속한 가문의 친구를 상대하는 거라서 그런지 화끈하게 인원을 동원했군. 어째서 강북 녹림십팔채가 이런 일에 끼어들었는지는 잘 모르겠지만.'
 운검은 최초로 조우한 녹림도들의 마혈을 검으로 찍어 기절시킨 후 곧바로 천라지망 속으로 뛰어들었다. 오늘 밤 펼쳐진 포위망이 생각했던 것 이상으로 심각하자 마음이 슬그머니 조급해져 오고 있었다.
 그러나 그는 과거 구마련과 최종 대회전을 치러봤던 사람이다.
 이런 식의 싸움은 결코 처음이 아니었다.
 마음이 급하다고 해서 아무렇게나 천라지망 속에서 경망되게 행동하진 않는다.
 외곽부터 천천히. 결코 서두르지 않고서 그는 이백 명의 녹림도로 이뤄진 천라지망을 하나하나 분쇄하며 나아갔다.
 '소란은 금물. 새벽이 오기 전에 탈출로를 완벽하게 확보해 놔야만 한다. 그래야 북궁휘를 구할 수 있어.'
 운검은 철저하게 전법을 짜고 그에 맞춰서 행동했다. 그것이야말로 다수의 포위진 속에서 다른 사람을 구해서 탈출할 수 있는 유일한 방법이었다.
 그러는 동안 어느새 새벽이 다가왔다.

먼동이 터오고 있었다.

탈출로를 만들기 위해 육인일조의 순찰조 다섯을 제압한 운검의 눈에는 피로한 기색이 완연했다.

밤새 말을 달렸을뿐더러 내공의 사용 없이 무려 삼십 명이나 되는 녹림도를 제압했다. 체력의 소모가 없다는 건 말이 안 되는 일이었다.

'제길. 도대체 북궁세가 녀석들은 어디에 처박혀 있기에 아직도 코빼기가 보이지 않는 거야! 확! 그냥 돌아가 버릴까 보다!'

물론 뒷말은 마음에도 없는 소리다.

그는 무인의 감각을 극대화시켰다. 천시지청술 같은 내공이 필요한 절기가 아니라 생존본능에 가까운 감각을 활용해서 주변의 움직임을 살폈다.

그런데 얼마 지나지 않았을 때다. 그의 잔뜩 긴장해 있던 귓전으로 꽤나 익숙한 목소리 하나가 파고들었다.

'이 목소리는……'

운검이 눈을 빛내며 빠르게 신형을 이동시켰다.

"망할 쭈그렁 영감탱이!"

"크헐헐! 쭈그렁 영감탱이라니? 이래 봬도 아직 하루에 열 번이라도 거뜬하단 말씀이야!"

"열 번? 조루인가 보지?"

"왜? 알고 싶은가? 어여 이리 오시게. 내 몸으로 확실하게 느끼게끔 화끈하게 보여줌세!"

"지랄!"

나직이 욕설을 토한 진영언이 두 눈을 차게 가라앉혔다. 걸쭉하다 못해 음담패설에 가까운 욕설과는 달리 냉정한 표정이 지금 그녀의 현 상황을 웅변한다.

그럼 그녀를 이리 만든 상대는 누군가.

칠 척은 족히 되어 보이는 거구에 금색 갑주를 걸친 거한의 정체는 강북 녹림십팔채의 태상호법인 금갑불괴 강패다. 간밤 홀로 천라지망을 뚫던 진영언을 붙잡고서 새벽이 오도록 놔주지 않고 있었다.

강패는 진영언의 번개가 무색하리만치 빠른 광풍백연타를 어렵지 않게 받아내며 시간을 끌고 있었다. 그녀가 공격을 하다다다 지치게 만들어서 그 야리야리한 몸을 상처 하나 없이 수중에 넣을 작정이었다.

희롱!

그가 지금 진영언을 데리고 하는 짓의 정체였다.

진영언이 그 같은 강패의 심사를 눈치 채지 못했을 리 없다.

욕지기가 치밀어 오르지 않을 수 없다.

그래서 마구 욕설을 퍼부었다. 그리라도 하지 않고선 속에서 치밀어 오르는 노화를 견딜 재간이 없었기 때문이다.

'나도 참 운수도 더럽게 없는 년이지! 어째 근래 들어 호사스럽게 눈요기를 좀 했더라 싶었지! 결국 저런 늙다리하고 엮어져서 이리 개 같은 꼴을 당하게 되었으니……'

진영언의 뇌리로 영기발랄하고 귀엽던 영호준과 잘빠지고 귀족적인 매력으로 무장한 북궁휘의 얼굴이 차례차례 스쳐 갔다. 그리고 또 하나의 얼굴!

동행하던 중 밉살스런 대화 외엔 나눠본 적이 없는 운검이다.

지금과 같은 상황에 처해선가. 그녀는 전혀 관심 밖이었던 운검조차 그리웠다. 그만큼 눈앞의 강패와 같은 공간을 차지하고 있는 자체가 몸서리쳐질 정도로 싫었던 것이다.

그러나 현실은 냉엄했다.

특히 강호는 더욱 그러했다. 강한 자가 법이고 검으로써만 자신의 가치와 정의를 내세울 수 있는 곳.

그게 바로 강호무림이었다.

당연히 눈앞의 강패가 아무리 역겹다 하나 그의 놀라운 외공에 대해선 인정하지 않을 수 없었다. 여태까지 양부 권각무적 초삼제에게 전수받았던 광풍백연타가 이 정도로 통하지 않는 상대는 처음이었다.

'저 망할 쭈그렁 영감탱이가 금갑을 걸친 건 필시 조문이 그곳에 있기 때문일 거야. 다른 곳은 광풍백연타로 계속 두들겨 봤지만, 전혀 타격을 입히지 못했으니까. 그렇다면 어떻게

저 금갑을 박살 내지?

조문.

겉가죽과 근골을 강철처럼 단단하게 수련하는 외가고수들이 갖는 일종의 약점을 뜻한다. 다른 곳은 강철보다 단단한 외가고수들도 이 조문은 무척 약해서 약간만 타격을 받아도 평생 수련한 호신기공이 깨질 수 있다.

당연히 외가고수들은 결코 자신의 조문을 남에게 알려주지 않을뿐더러 어떻게든 보호하려 노력한다. 그곳만 지킬 수 있으면 어떠한 강력한 공격으로부터든 자신을 보호할 수 있기 때문이다.

'크흐흐, 내 금갑을 벗겨보고 싶어서 안달이 난 모습이구나! 내 품에 스스로 안겨오면 얼마든지 금갑 안쪽을 보여줄 수 있거늘! 으음, 그러고 보니 벌써 새벽이 다 됐군. 오랜만에 야들야들한 어린것하고 노느라고 시간이 이렇게 잔뜩 흘러간 것도 모르고 있었어.'

호시탐탐 자신의 금갑 이모저모를 살피는 진영언의 모습을 음충맞게 바라본 강패가 슬쩍 눈살을 찌푸려 보였다. 예상보다 진영언의 저항이 거세서 밤을 홀딱 넘겨 버렸다. 슬슬 그녀를 제압한 후에 시식을 해야겠다는 생각이 든다.

슥!

갑자기 뒤로 몇 보 물러선 강패가 우람하고 길쭉한 한쪽 손을 들어 올렸다.

미리 준비된 신호다.

'이건!'

진영언이 아차 하는 표정이 되었다. 강패를 상대하는 데 전력투구하느라 이곳이 천라지망의 중심임을 잠시 잊고 있었다. 그런 간단한 이치조차 생각하지 못할 정도로 강패가 그녀를 무섭게 밀어붙였다.

차차차차차차착!

강패의 수신호에 따라 주변의 풀숲과 바위 사이사이에서 삼십 명은 족히 되는 궁수들이 모습을 드러냈다.

일제히 만월처럼 당겨진 활시위!

득의양양한 얼굴이 된 강패가 진영언을 음충맞게 바라보며 외쳤다.

"그만 항복하시게. 내 강남의 녹림 형제들의 체면을 봐서 총표파자의 체면은 살려주도록 함세."

"어떻게 내 체면을 살려주겠다는 거죠?"

"그야 나와 자네가 적당히 의기투합한 연후에 강북과 강남의 녹림도가 하나의 형제가 되는 절차를 거치면 되지 않겠는가?"

"적당한 의기투합? 그게 뭔지 물어봐도 될까요?"

"크흐흐, 어찌 이런 공개된 장소에서 그런 걸 말할 수 있겠는가?"

"이……."

잠시 강패에게 어른의 풍모를 기대했던 진영언이 인상을 팍 구겨 보였다.

그가 한 말의 의미는 굳이 곱씹어보지 않아도 뻔했다. 속에서 다시 노화가 들끓어오르지 않을 수 없다.

'궁수를 삼십 명이나 준비했을 줄이야! 내 신법이 아무리 빨라도 서른 발이나 되는 화살을 모조리 피할 순 없다. 하지만 내 이번에 죽게 되더라도 저 망할 쭈그렁 영감탱이와 함께 동귀어진(同歸於盡)을 할 테다!'

내심 결심을 굳힌 진영언이 입가에 교염한 미소를 만들어 냈다.

"그건… 꽤 구미가 당기는 조건이군요."

"자네도 그리 생각하는가?"

"물론이에요. 강 노야의 뜻대로 할 테니까 먼저 궁수들의 저 살벌한 화살부터 치워주면 어떻겠어요?"

"흐음. 하긴 자네와 내가 처음으로 합방을 할 장소에 다른 구경꾼들이 잔뜩 모여 있는 건 그리 좋은 일은 아닐 것이야."

"그, 그렇죠."

"그럼 자네는 무얼 망설이는 건가? 어서 스스로 마혈을 점혈하게나. 그럼 당장 궁수들을 물릴 테니까."

'망할 쭈그렁 영감탱이! 늙은 생강답게 절대로 빈틈을 보이지 않는구나!'

진영언이 다시 속으로 고함을 질렀다.

역겨움을 참고서 맞장구를 쳐줬는데도 아무런 효과가 없자 당장 달려들어 생사결전을 벌이고 싶었다. 그런 심정이었다.

한데, 바로 그때다.

진영언을 향해 시위를 겨누고 있던 궁수들 사이에서 갑자기 작은 소란이 일어났다. 엄중하게 진영언을 노리고 있던 배치도 이리저리 흐트러졌다.

그들 사이로 누군가 뛰어든 게 원인이었다.

'기회!'

진영언이 그 같은 절호의 기회를 놓칠 리 만무하다. 그녀는 두 번 생각할 것도 없이 강패에게 달려들었다. 그의 상반신을 감싸고 있는 금갑을 벗기고 조문을 공격해서 죽여 버릴 작정이었다.

그때다.

꽤나 낯익은 목소리 하나가 진영언의 귓전을 파고들었다. 영호준, 북궁휘와 함께 잠깐 떠올렸던 운검이 모습을 드러낸 것이다.

"조문은 왼쪽 발뒤축이오!"

'왼쪽 발뒤축?'

진영언의 두 눈이 매처럼 강패의 왼쪽 다리를 훑어갔다. 그러자 필요 이상으로 강패의 기색이 당황스럽다.

그녀는 망설이지 않았다. 곧바로 비전의 보신경인 불영신법(佛影身法)을 펼쳤다. 강패의 왼쪽 발뒤축을 공격하기로 마음먹은 것이다.

"흐에엑!"

무너지지 않는 강철거탑이나 다름없던 강패의 입에서 몸집에 걸맞지 않은 비명이 터져 나왔다. 진영언의 불영신법에 이은 광풍백연타를 막을 방도가 없었기 때문이다.

『화산검종』 제1권 끝

새델 크로이츠
—화사무쌍 편

새델 크로이츠 전 2권
이경영 판타지 장편 소설

**『가즈나이트』의 명성과 신화를 넘어설
이경영의 판타지의 새로운 상상력!**

**자신만의 독특한 세계관을 창조한 작가
이경영의 새로운 도전과 신선한 충격.**

바란투로스의 특수부대 새델 크로이츠의 리더 파렌 콘스단.
야만족을 돕는 안개술사를 물리치기 위해 아시엔 대륙에서 온
불을 뿜는 요괴 소녀 카샤.
너무나 다른 두 사람이 운명의 길에서 만나다.
친구란 이름으로 시작된 모험, 그 앞에 놓인 난관과 운명의 끈은
어떻게 될 것인지……

"질투가 날 만도 하지. 요괴가 산신령을 엄마로 두는 건 흔한 일이 아니거든.
괜찮다, 파렌. 본좌가 아는 요괴들 전부 본좌를 질투하고 부러워하니까."
소녀는 손에 잔뜩 받은 빗물을 홀짝 마셨다.
파렌은 그 순수함에 웃음을 흘렸다.
그는 지금까지 자신이 봤던 그녀의 기이한 행동들을 어렴풋이나마 이해할 수 있을 것 같았다.
그렇게 친구가 된 둘은 그 길로 긴 여행을 떠나게 된다.

—본문 중에—

 세상을 보는 또 하나의 창 - **inthebook.net**
유행이 아닌 자유추구 - **chungeoram.net**

Book Publishing CHUNGEORAM

BOOK Publishing CHUNGEORAM

fly me to the moon
플라이 미 투 더 문

새로운 느낌의 로맨스가 다가온다!

판타지의 대가 이수영 작가의 신작!
드디어 판매 카운트다운!

플라이 미 투 더 문 | 이수영 지음

판타지의 대가, 이수영. 그녀가 선보이는 첫 번째 사랑이야기.
사랑, 질투, 음모, 욕망……
상상한 것 이상의 절애(切愛), 그 잔혹한 사랑이 시작된다.

온전히, 그의 손에 떨어진 꽃. 잡았다.
짐승의 왕은 즐거웠다.

인간, 그리고 인간이 아닌 자.
절대로 이어질 수 없는 두 운명이 만났다!
사랑 혹은 숙명.
너일 수밖에 없는 愛.

1998년 〈귀환병 이야기〉
2000년 〈암흑 제국의 패리어드〉
2002년 〈쿠베린〉
2005년 〈사나운 새벽〉

그리고 2007년,
『FLY ME TO THE MOON』

세상을 보는 또 하나의 창 - inthebook.net
유행이 아닌 자유추구 - chungeoram.net

BOOK Publishing CHUNGEORAM

THE CHRONICLES OF EARTH
DEJA VU

지구환 연대기 : 기시감 전 2권
이재창 SF 장편 소설

지구환 연대기 기시감

인공적으로 만드는 석양이 잘 꾸며진 정원과 가로수를 붉게 물들였다.
하지만 태양은 이미 오래전에 거리라고 하기도 어려운 저편으로 사라졌다. 어차피 마찬가지기는 했다.
타키온 드라이브가 시작되는 순간 빛은 존재하지 않았다.
설령 태양이 바로 옆에 있다 해도 빛이 우주선을 따라오지 못했다.
타키온 드라이브의 우주에서 빛은 존재가 아니라 단순히 어둠의 부재에 불과했다.
그것이 타키온 드라이브였다.
타키온 드라이브는 그 본질상 초광속으로 움직이지 않을 수 없다.
말 그대로 빛보다 빨리 움직여야만 한다.
그것이 타키온 드라이브의 운명이고 결론이다.

STORY LINE

인간이 타키온 드라이브라는 초광속 운항법으로 항성간 여행을 자유롭게 할 수 있게 된 미래
수학자 석아찬은 지구에서 출발하는 심우주 탐사선 게이츠에 몸을 싣는다.
그러나 게이츠를 통제하는 인공지능 로가디아와 이천여 명의 승무원과 함께하는 항해의 평화로움은 얼마 가지 못하고 우주선은 외계문명에게 습격을 받아 사람이 증발하는 전대미문의 사고가 생기기 시작한다.

세상을 보는 또 하나의 창 - inthebook.net
유행이 아닌 자유추구 - chungeoram.net

Book Publishing CHUNGEORAM

만리웅풍 | 월인 지음 | 8,000원

『두령』,『사마쌍협』,『천룡신무』, 그리고『만리웅풍(萬里雄風)』
최고의 신무협 작가 월인, 그가 새롭게 선보이는 철혈 영웅의 이야기.

천지현황(天地玄黃)!
하늘은 검고 땅은 누르다.

끝없이 검고 누르게 펼쳐진 이 하늘아래, 땅 위에!
내가 믿고 의지할 수 있는 것은 오직 내 주먹과 몸뚱이뿐.

내 주먹이 꺾이는 날, 내 인생도 꺾이고 나는 한 마리 쥐새끼로 전락할 것이다.

절대로 질 수 없다!
죽는 한이 있어도 질 수는 없다!

유행이 아닌 자유추구 -
WWW.chungeoram.com

BOOK Publishing CHUNGEORAM

플라이 미 투 더 문
fly me to the moon

새로운 느낌의 로맨스가 다가온다!

판타지의 대가 이수영 작가의 신작!
드디어 판매 카운트다운!

플라이 미 투 더 문 | 이수영 지음

**판타지의 대가, 이수영. 그녀가 선보이는 첫 번째 사랑이야기.
사랑, 질투, 음모, 욕망······
상상한 것 이상의 절애(切愛), 그 잔혹한 사랑이 시작된다.**

온전히, 그의 손에 떨어진 꽃. 잡았다.
짐승의 왕은 즐거웠다.

인간, 그리고 인간이 아닌 자.
절대로 이어질 수 없는 두 운명이 만났다!
사랑 혹은 숙명.
너일 수밖에 없는 愛.

1998년 〈귀환병 이야기〉
2000년 〈암흑 제국의 패러디어〉
2002년 〈쿠베린〉
2005년 〈사나운 새벽〉

그리고 2007년,
『FLY ME TO THE MOON』

유행이 아닌 자유추구 -
WWW.chungeoram.com
BOOK Publishing CHUNGEORAM

BOOK Publishing CHUNGEORAM

눈길발길 쏙쏙 끄는   **비법이 가득!**
왕성한 가게 만드는

잘나가는
가게 노하우
151 가지

고다 유조 지음
김진연 옮김
가격 9,800원

물건이 팔리지 않는 시대!
왕성한 가게 만드는 비법이 가득!

가게 안에 웅덩이를 만들어라
조명만 조금 바꿔도 매출이 팍 늘어난다
보기 쉽고, 집기 쉬운 가게 배치는 '경기장 형'이 최고 등등
가게에 실제로 적용했을 때 매출이 오른 노하우만 알차게 수록
외관, 입구, 배치, 내장, 조명, 디스플레이에서 사원교육까지

도움이 되는 '발견'이 가득가득,
당신 가게를 회생시키기 위한 소중한 책!

 유행이 아닌 자유추구 -
WWW.chungeoram.com

BOOK Publishing CHUNGEORAM

초등학생이 반드시 읽어야 할 좋은 책 49권

각 학년별로 초등학생이 반드시 읽어야할 좋은 책을 선정하여 통합논술의 기본이 되는 '올바른 독서법'을 일깨워 줍니다.

교과서와 함께하는 초등학교 통합논술

초등1학년 | 값 12,000원 / 초등2학년 | 값 9,500원 / 초등3학년 | 값 11,000원 / 초등4학년 | 값 9,500원 / 초등5학년 | 값 9,500원 / 초등6학년 | 값 11,000원

♣ 혼자 할 수 있어요.
엄마가 책 읽는 방법을 가르쳐 주어도 좋아요.
독서지도하는 선생님이 가르쳐 주어도 좋답니다.
"초등 교과서와 함께하는 **통합논술 시리즈**"는
아이 스스로 독서할 수 있도록 꾸며진 책이에요.
엄마와 선생님은 요령만 가르쳐 주시면 된답니다.

♣ 교과서의 중요한 내용이 총정리되어 있어요.
각 학년별로 중요한 교과 내용이 함께 수록되어 있어요.
초등학생은 교과서 내용을 충실하게 공부해야 합니다.
아울러 그와 병행한 독서가 대단히 중요하지요.
"초등 교과서와 함께하는 **통합논술 시리즈**"는
두 가지 방법 모두 알려준답니다.

♣ 이 책은 훌륭하신 선생님들이 함께 쓰신 책이랍니다.
동화작가 선생님들이 쓰셨어요. 소설가 선생님도 쓰셨답니다.
국어 논술독서지도 선생님들도 함께 쓰셨지요.
"초등 교과서와 함께하는 **통합논술 시리즈**"는
엄마의 마음으로 모든 선생님들이 함께 꾸민 책이랍니다.

입소문을 통해 아는 분은 다 알고 계십니다!
올 한해 공인중개사 최고의 화제작!

1~2권 합본 | 이용훈 지음
3~4권 합본 | 이용훈 지음
5~6권 합본 | 이용훈 지음
용어해설 | 이용훈 지음

수험생 기본 필독서
만화 공인중개사

제목 : 만화공인중개사 쓰신 분에게 감사드립니다.

학원을 두 달 다녔어요. 근데 과연 그 숫자 외우기 그런 게 몇 문제나 나올까 생각을 했어요.
아니라는 생각이 드네요. 학원강의를 뒤로하고 서점을 갔어요. 내 머리에 가장 이해될 수 있는
책이 없나 하구요. 거기서 만화를 발견했어요. 무조건 세 번 봤어요. 3개월 걸렸어요. 문제집을 보라고
했는데 그건 시행을 못했어요. 근데 합격을 했네요.
어떻게 감사의 말을 해야 될지······.
도서관에서 만화책 들고 다니니까 사람들이 비웃더라구요. 만화책으로 공인중개사를 공부한다고
미친 사람처럼 보더라구요. 근데 그거 다 감수하고 했던 내가 자랑스럽습니다.
어떻게 감사의 말을 해야 할지… 정말 감사합니다.
부디 행복하세요. 제 나이 41살에 좋은 스승을 만난 것 같습니다.
엎드려 감사드립니다.

-본사 홈페이지에 독자분이 올린 메일 中에서 발췌-